www.b-books.co.kr

울트라 코리아 ULTRA KOREA

울트라 코리아

1판 1쇄 찍음 2021년 7월 6일
1판 1쇄 펴냄 2021년 7월 13일

지은이 | 정사부
펴낸이 | 정 필
펴낸곳 | (주)뿔미디어

편집장 | 문정흠
기획·편집 | 한상덕

출판등록 | 2002년 9월 11일 (제1081-1-132호)
주소 | 경기도 부천시 원미구 소향로17, 303(두성프라자)
전화 | 032)651-6513 팩스 | 032)651-6094
E-mail | bbulmedia@hanmail.net
비북스 | http://b-books.co.kr

값 8,000원

ISBN 979-11-6713-172-0 04810
ISBN 979-11-6565-919-6 04810 (세트)

6

정사쿠 현대 판타지 장편 소설

울트라 코리아

ULTRA KOREA

코리아

BBULMEDIA FANTASY STORY

CoNtEnTs

1. 시제기 출고식

미군 군수 지원부 대령 존 슐츠는 한국에서 열리는 전투기 시제기 출고식에 참석했다.

자국의 신형 전투기 출고식에도 참석하지 않는 그이기에, 비록 동맹이긴 해도 한국의 행사에 참석할 이유는 사실 없었다.

그도 그럴 것이, 그가 맡은 분야는 육군이었기 때문이다.

그는 미국의 방위 산업체만으로는 감당할 수는 없는 필요한 물자들을 세계 각국을 돌아다니며 계약하여 군에 보급을 하는 일을 맡고 있었다.

한국도 그런 의미에서 찾아온 것이었다.

한 업체에서 특수한 방탄 소재를 개발했다는 첩보를 들었기 때문이다.

아니, 첩보를 들은 정도가 아니라 실물까지 미 군수 지원부에 배달이 되었다.

그리고 샘플을 실험한 결과, 정보대로 방탄 효과가 확실히 증명되었다.

그다음은 일사천리로 진행이 되었다.

무엇보다도 미국이 이 기술을 필요로 했기 때문이다.

미국은 '세계의 경찰'이라고 주장하는 나라답게 각지의 분쟁 지역에 그들의 군대를 파견했다.

때문에 언제나 미국의 장병들은 총격의 위협에 놓여 있었다.

그러던 차에 그들의 목숨을 구해 줄지도 모를 제품이 동맹국에서 나왔다.

그러니 미국은 무슨 수를 써서라도 물건을 확보하려 했다.

예전 같았으면 자국의 영향력을 이용해 압박하여 그 물건을 강탈하겠지만, 현대에 와선 그런 수를 쓸 수가 없었다.

그만큼 시대가 변했고, 또 한국도 예전 미국의 지원 만 바라보던 황폐한 나라가 아니었다.

그 옛날, 한국은 일본 제국주의의 식민지에서 벗어나 독립의 기쁨을 느끼기도 전에 남북으로 갈라져 전쟁을 치렀다.

사회주의를 표방하는 북한과 자유민주주의의 남한이 소련과 미국의 대리전을 치른 것이다.

소련은 겨울에도 얼지 않는 항구를 얻기 위해 북한의 배후에서 한반도를 공산화시키려 했다.

미국은 뒤늦게 이런 소련의 의도를 알아채고 UN을 통해 한반도 전쟁에 참전하였다.

공산주의와 민주주의를 대표하는 양 국가의 대리전이다 보니, 결과적으로 좁은 한반도는 폐허가 되어 버리고 말았다.

그 때문에 아프리카 몇 개국을 빼면 대한민국은 세계에서 가장 가난하고 낙후된 나라가 되었다.

그렇지만 수천 년 동안 주변의 강대국들에 의해 고난과 역경을 겪어 온 민족답게 그 힘든 가난과 배고픔을 뛰어난 머리와 근면, 성실로 이겨 냈다.

그렇게 한국은 21세기에 들어와 세계 10위권 안에 들어서는 경제 대국이 되었다.

원조를 받는 국가에서 원조를 하는 나라가 된 것이었다.

이에 수많은 나라에서 이런 대한민국을 본받기 위해

찾아왔다.

존 슐츠는 이런 한국의 기적을 단지 이야기로 들었지만, 그다지 큰 기대를 하지 않았다.

그렇기에 이런 기적의 물질을 만들어 낼 수 있는 천재가 있을 것이라고는 상상도 못 했다.

그 결과, 자신과 미군이 원하는 물건을 얻기 위해 많은 것을 내줘야만 했다.

하지만 협상 자체는 서로가 원하는 것이 확실하고, 한국이 원하는 것이 구형 전투기 엔진이기에 쉽게 해결되었다.

결과적으로 한국은 미국을 또 한 번 놀라게 만들었다.

대한민국은 전쟁의 폐허 속에서 G20에 들어가는 기적을 이룩한 나라다.

국민소득이 100달러가 되지 못하던 나라에서 3만 달러의 기적을 이룬 민족이 바로 한국인들이었다.

물론 중간에 IMF라는 경제 위기를 겪기는 했지만, 그 또한 한민족의 특성인 근면과 성실, 그리고 협동심을 발휘하여 이를 단시일에 극복했다.

이런 능력은 다른 나라가 수십 년에 걸쳐서도 이룩하지 못한 것을 한국에서는 수년 만에 이룰 수 있도록 만들어 주었다.

급기야는 성공적으로 초음속 전투기 시제기 개발에 성공하기까지 했다.

물론 한국의 시제기 개발에 미국은 많은 분야의 도움을 주었다.

하지만 결정적인 4대 핵심 품목은 국가 전략 기술이라 하여 승인을 해 주지 않았다.

개발 초기만 해도 분명 미국의 신형 스텔스 전투기인 F—35를 다수 구매하면 도움을 주고 기술도 지원해 준다고 약속했다.

그렇지만 후일 미국은 이를 전략 기술이여서 유출할 수 없다고 말하며 약속을 저버렸다.

한국인들은 그에 굴하지 않고 독자적으로 기술 개발에 나섰다.

당시 많은 사람들이 불가능하다 말하며 무시했다.

그중에는 지식인이라 칭하는 한국의 인물들도 다수 포함되어 있었다.

대한민국이 발전을 하고 경제 대국에 들어서기는 했지만, 아직 전투기 독자 개발은 시기상조라는 것이 그 이유였다.

그렇지만 한국의 개발자들은 이에 굴하지 않았다.

자신이 할 일을 찾아 밤낮 가리지 않고 묵묵히 연구에 열중하면서 미국이 넘기지 않은 핵심 기술을 자체적으로 개발하였다.

그렇게 만든 것이 비록 현존하는 전투기 중에서 가장 뛰어나다고 알려진 5세대 스텔스는 아니었지만, 4세대 중 가장 뛰어나다고 할 수 있었다.

게다가 약간의 기술을 추가하여 F—16급에 근접한 4.5세대 전투기로 탈바꿈했다.

그 전투기는 미국의 최신 기술에 뒤지지 않을 만큼 뛰어난 성능을 보임으로써 세계를 깜짝 놀라게 만들었다.

그리고 뒤이어 한국의 다른 항공업체에서 국가의 도움을 받지 않고 독자적으로 전투기를 개발했다.

기업이 독자적으로 항공기를 개발하는 것은 결코 쉬운 일이 아니다.

미국이나 유럽의 항공 선진국에 속한 항공기 제작업체에서나 가능한 일이다.

아니, 엄밀히 말하면 미국의 록히드나 빅 윙 정도에 불과한 것이다.

그런데 그런 엄청난 일을 아무런 지원 없이 동북아시아 작은 나라의 항공기 업체에서 이루어 냈다.

아직은 카탈로그상에만 그 제원이 나와 있지만, 그것만으로도 쉽게 판단을 내리기는 힘들었다.

카탈로그상의 기체는 소형의 로우급 전투기로, 별다

른 기대가 되지 않았다.

하지만 스펙을 보면 결코 기존의 로우급 전투기로 취급할 수가 없었다.

그도 그럴 것이, 이 기체의 무장 능력은 무려 14톤이었다.

이는 F—16의 중량에서 1톤 더 초과한 것으로, 새로 개발된 로우급 전투기 KFA—01의 무장 능력이 미들급인 F—16보다 더 우월하다는 의미였다.

그런데 더욱 놀라운 것은 그렇게 무장을 하고도 항속 거리가 300㎞ 더 길다는 점이었다.

한마디로 더 많은 무장을 한 채 더 오래, 더 멀리 날아간다는 소리였다.

그리고 이는 엔진의 연료 효율이 자신들이 개발한 최신의 전투기 엔진과 비슷하다는 말과 같았다.

그러니 구형이기는 하지만, 전투기 엔진을 한국에 넘겨준 존 슐츠가 이를 확인하기 위해 다시 한국에 올 수밖에 없던 것이다.

"이봐, 마이크. 자네는 이 말을 믿나?"

존 슐츠는 자신의 손에 들린 카탈로그를 내밀며 부관인 마이크 로벤 대위에게 물었다.

"…저도 모르겠습니다."

질문을 받은 마이크 로벤 대위는 상관의 질문에 얼굴

을 찌푸리며 대답하였다.

마이크 로벤 대위는 존 슐츠 대령의 명령으로 그동안 많은 나라들을 돌아다니며 미군이 필요로 하는 물자들을 파악했다.

이곳 한국에서도 오랜 기간 방위 산업체들을 발굴하며 관찰했다.

때문에 한국의 군대라면 결코 있을 수 없는 일이라 생각했지만, SH라면 달랐다.

그도 그럴 것이, 그들은 어떻게 된 일인지 자신에게 일절 정보를 제공하지 않았기 때문이다.

뿐만 아니라 한국 정부도 SH화학이나 SH항공에 대한 정보 공개를 극히 꺼렸다.

물론 그 이유는 잘 알고 있었다.

SH는 100% 본인의 자본만으로 이루어진 합명회사였다.

즉, 다른 사람의 간섭을 받지 않기 때문에 어떤 영향력도 행사할 수 없다는 소리였다.

거기에다가 오히려 지원을 해 주겠다는 것도 거부하고 있는 입장이었다.

때문에 정부로서도 SH화학이나 항공에 대해 어떠한 터치도 하지 못했다.

그러다 보니 마이크 로벤 대위는 어떤 정보도 받아

볼 수 없던 것이었다.

결국 그는 정보를 얻기 위해 CIA에 손을 빌렸다.

SH화학의 방탄 스프레이에 대한 조사를 하기 위해 CIA 요원들을 침투시켰다.

하지만 순찰을 돌던 경비들에 발각되어 사전에 차단당했다.

이로 인해 미국은 한차례 체면을 구기고 말았다.

뿐만 아니라 붙잡힌 CIA 요원의 반환과 이러한 사실을 외부에 공개하지 않는다는 조건으로 한국이 개발하던 KFX에 들어가는 무장의 일부를 미국의 무기들로 통합하는 것에 동의해야 했다.

이 때문에 마이크 로벤은 곤욕을 치를 수밖에 없었다.

자신의 일에 다른 기관의 요원을 동원하다가 낭패를 봤기 때문이다.

만약 이 일이 미국의 이익과 관련없는 사사로운 일이었다면 아마 불명예제대는 물론이고, 자칫 악명 높은 관타나모 수용소에 끌려갔을지도 모를 사건이었다.

거기까지 생각이 미친 마이크는 존 슐츠의 질문에 학을 떼며 질색했다.

"흠······."

질색하는 마이크 로벤 대위의 반응에 존 슐츠는 작게

침음을 내고는 다시 카탈로그를 들여다보았다.

SH항공 시제기 KFA―01 편전[Special Arrow]
제원
탑승 인원 : 1명
전장 : 14.5m
전고 : 4.5m
날개 길이 : 10.2m
날개 면적 : 50㎡
자체 중량 : 5.8톤
최대 적재 중량 : 14톤
최대 이륙 중량 : 19.8톤
최고 속도 : 마하 1.8
항속 거리 : 4,100㎞
엔진: SH001 터보팬 엔진 1기(F404 터보팬 엔진 개량형)

존 슐츠가 보고 있는 카탈로그에는 SH항공이 개발한 신형 전투기의 상세 제원이 나와 있었다.

날렵한 델타익으로 잘빠진 몸체에 조종석 양옆에는 작은 귀 날개(커나드)가 달려 있었다.

전체적으로 스텔스 형상을 취하고 있지만, 이 커나드

울트라코리아

로 인해 그 효과가 제대로 발휘될지 의심이 가기는 했다.

하지만 카탈로그에 기재돼 있는 레이더 반사 면적(RCS)은 0.5미터로 매우 우수했다.

물론 이는 무장을 하지 않은 순수 동체의 RCS 값에 지나지 않았다.

그래도 세미 스텔스 기술을 적용한 4.5세대 전투기들 중 가장 적은 것이었다.

그 말은 동체에 F―22나 F―35와 같은 스텔스 전투기에 사용하는 전파흡수도료(스텔스 도료)를 칠하고, 또 내부무장창을 만들어 내기만 한다면 RCS 값을 더욱 낮출 수 있다는 의미였다.

다시 말해 5세대 스텔스기로의 전환도 가능하단 소리였다.

'이게 말이 돼?'

아무리 그가 지상 무기를 담당한다고 하지만, 전투기에 대해 아예 모르는 문외한은 아니었다.

'흐음, 이거 잘하면……'

문득 존 슐츠의 뇌리에 무언가 스치고 지나가는 정보가 하나 있었다.

그것은 바로 얼마 전, 미 공군 사령관 중 한 명인 찰스 브라운 대장의 기자회견 내용이었다.

"페라리는 주말에만 타는 것이다."

운용 유지비가 많이 들어가는 스텔스 전투기를 고급 스포츠카인 페라리에 빗대어 언급한 것이다.

일명 천조국이라 불리는 미국도 5세대 스텔스 전투기를 운용하는 데 어려움을 겪고 있었다.

그렇기에 전투기 가동률을 높이기 위해 4세대 하이면서 5세대 마이너스인 전투기의 필요성을 기자회견 중 언급한 것이다.

존 슐츠는 그 발언을 떠올리고는 생각을 이어 나갔다.

만약 카탈로그상의 정보가 확실하다면, 굳이 많은 예산을 들여 새로운 4.5세대 전투기를 개발할 이유가 없다.

물론 이런저런 정치적인 이유 때문에 확답을 내리기는 어렵다.

하지만 이번 SH항공의 시제기 출고식에 공군도 참관을 하러 왔다.

때문에 한번 이야기해 보는 것도 나쁘지 않을 것 같다고 생각했다.

"축하합니다."

존 슐츠는 자신의 차례가 되자, 오늘 출고식의 두 번째 주인공인 SH항공의 사장 수호에게 축하 인사를 하였다.

물론 첫 번째 주인공은 당연하게도 출고식의 주제인 KFA—01 편전이다.

제식 명칭이 XF—01에서 KFA—01 편전으로 변경된 것은 전적으로 수호의 주장 때문이었다.

그리고 이를 들은 공군 관계자도 기체의 형상과 걸맞다고 판단하여 최종적으로 명칭이 정해졌다.

사실 이번 출고식이 공군의 입장에서 마냥 즐거운 일만은 아니었다.

그도 그럴 것이, KAI에서 시제기가 나온 지 두 달 만에 또 다른 전투기가 SH항공에서 나온 것이라 공군은 마냥 좋아할 수도, 그렇다고 싫어할 수도 없었다.

더욱이 SH항공의 신형 전투기는 FA—50급에 단발 엔진을 가진 전투기였다.

그럼에도 항속거리는 1,500㎞나 더 길었다.

그리고 이는 대한민국 공군이 보유하고 있는 전투기 중 가장 강력한 개체인 F—15K보다도 더 뛰어난 것이었다.

그 때문에 공군 일부와 KAI에서도 SH항공이 자신들이 개발한 전투기의 스펙을 매우 과장해서 적어 놓았다 생각했다.

실제로 오늘 대한민국 공군 관계자 중 시제기 출고식에 초청받아 참석한 사람들 중 표정이 굳어져 있는 이가 다수 보였다.

하지만 수호는 그러거나 말거나 상관하지 않았다.

대한민국 국방력의 강화를 위해서 항공기 제작사를 만들었지만, 소를 물가로 데려가 줄 수는 있어도 억지로 물을 먹일 수는 없는 일이 아닌가.

더욱이 한국에는 자신의 SH항공 말고도 전투기를 만드는 회사가 하나 더 있었다.

그곳에서도 두 달 전에 신형 전투기의 시제기 출고식을 했다.

공군이 과연 둘 중 한 곳만 선택할지, 아니면 둘 모두 선택할지는 몰랐다.

그렇지만 굳이 신경을 쓰지는 않았다.

한국 공군이 아니더라고 팔 수 있는 곳은 많기 때문이다.

지금도 그들의 관심은 떨떠름한 데 반해 외국의 국방 관련 관계자들의 관심은 엄청났다.

특히나 중동의 패권을 차지하기 위해 암중으로 군사력을 높이고 있는 사우디아라비아나, 작지만 강력한 UAE(아랍에미리트), 미국이나 러시아의 최신 전투기를 살 수 없는 동남아 국가들, 그리고 중국과 첨예하게 대립을 하고 있는 인도도 KFA—01 편전에 관심을 보였다.

***

데이비드 알랭은 SH항공의 시제기를 보며 감탄하였다.

커다란 델타익과 조종석 양옆에 붙은 커나드.

크기는 작지만, 보기에도 강력한 느낌이 물씬 풍겼다.

"알랭, 어떤 것 같아?"

한 손에는 핑거 스낵을 든 채 동료가 소감을 물어 왔다.

"아직 외형만으로 판단하기는 좀 그래. 하지만 카탈로그의 제원을 그대로 재현했다면, 상당히 강력한 기체가 될 것 같아."

데이비드는 자신에게 질문을 한 동료에게 본인이 느낀 대로 대답하였다.

그런 반응에 질문을 한 타일러 존스도 고개를 끄덕였다.

주한미군 제51전투비행단 소속 파일럿인 두 사람은 SH항공의 시제기 출고식에서 느낀 것을 공유하며 주변을 둘러보았다.

많은 국내외 국방 관련 관계자들이 이번 행사에 참석한 것이 보였다.

이는 두 달 전, KAI의 시제기 KF—21 보라매의 출고식 때보다 많은 수였다.

그때도 관련 종사자들이 참석하여 한국이 개발해 낸 4.5세대 전투기의 요모조모를 관찰했다.

그 결과, 4세대의 장점과 5세대의 기술을 접목시켜 크기는 작지만 강력한 전투기를 개발했다는 사실을 국내외로 알릴 수 있었다.

물론 첫 시제기 개발이라 최신 사양보다는 안정을 택한 것인지, 몇몇 핵심 분야에서는 기존의 4세대 전투기에 들어가는 기술을 그대로 넣어 아쉬움을 자아냈다.

그렇지만 KAI에서는 계속해서 블록 1, 블록 2, 블록 3으로 업그레이드를 해 나가겠다고 발표하였기에 그러한 단점은 그냥 넘어갔다.

그리고 자신들의 최종 목표는 자신들의 손으로 미국과 같은 5세대 스텔스 전투기를 자체 생산하겠다는 것임을 알렸다.

이런 KAI의 발표에 일부 국가의 참석자들은 비웃음을 날렸지만, 대부분 오랜기간이 걸리더라도 불가능하진 않다고 판단하였다.

데이비드나 타일러도 그런 이들 중 하나였다.

하지만 데이비드는 자신의 이런 낙관적인 생각조차 틀렸다는 것을 인정할 수밖에 없었다.

그는 두 달 전, KAI의 발표를 들을 때까지만 해도 한국이 미국처럼 5세대 스텔스 전투기를 개발하기까지는 상당히 오랜 시간이 필요할 것이라 생각했다.

그도 그럴 것이, 스텔스 전투기를 개발하는 것은 단순하게 전투기를 만들 수 있다고 해서 할 수 있는 것이 아니었다.

충분한 전투기 설계와 개발 기술을 습득한 뒤, 스텔스 기술을 접목시켜야 하기 때문이다.

미국도 이런 기술을 축적하기까지 몇 십 년이 걸렸다.

그리고 그 과정에서 수많은 과학자와 엔지니어, 그리고 전투기 조종사들이 죽어 나갔다.

이는 단순히 비유적인 이야기가 아니라 실제로 시험 중 벌어진 사고로 목숨을 잃은 사람이 존재했다는 의미였다.

물론 이미 개발된 기술이기에 그 뒤를 따르는 사람들은 비슷한 실수를 할 확률이 줄어들었다.

하지만 분명 오랜 개발 기간이 필요하다는 것은 두말할 필요가 없는 일이었다.

그런데 지금 데이비드의 앞에 그런 생각을 전면 수정해야 할 것만 같은 현실이 펼쳐져 있었다.

물론 그가 보고 있는 시제기는 아직 5세대 전투기와 같은 스텔스가 아니었다.

하지만 두 달 전에 본 KF—21보다는 더 많은 부분에서 5세대 기술이 접목되어 있었다.

그 말은 조금만 더 개선한다면 충분히 5세대 스텔스 전투기로 전환이 가능하다는 소리다.

일단 KFA—01은 일반적인 전투기의 형태였다.

풀어 말하자면 내부무장창을 가지고 있지 않다는 의미다.

이는 KAI에서 개발한 KF—21과는 대조적이었다.

KF—21은 비록 부족한 기술 탓에 빈 공간으로 남겨놓았어도 내무무장창이 존재했다.

하지만 KFA—01은 이를 만들지 않은 5세대 전투기의 형상을 가지고 있었다.

그럼에도 데이비드는 KFA—01을 보며 SH항공에서 이 기체를 스텔스 전투기로 전환시킬 계획임을 확신할 수 있었다.

"타일러, 네가 보기에는 어때?"

"뭐가?"

"내가 보기에는 이것도 스텔스를 염두에 두고 개발한

것 같은데 말이야.”

“그거야 당연한 거 아냐?”

대답과 함께 그가 내민 것은 KFA—01을 소개하는 카탈로그였다.

그중 어느 한 페이지를 펼친 타일러는 한 부분을 손가락으로 짚으며 이야기하였다.

“여길 봐.”

타일러가 가리킨 것은 바로 KFA—01의 개발자가 전투기 동체를 조립하는 과정을 설명하는 내용이 적힌 부분이었다.

그곳에는 모듈식이라는 표현이 나와 있었다.

이는 마치 거대한 선박을 부분적으로 만들어 블록 쌓듯 조립하는 것과 같은 원리였다.

“그나저나 데이비드, 너도 참가할 거야?”

타일러는 SH항공이 시제기인 KFA—01의 조종석을 그대로 재현해 놓은 시뮬레이터의 시연 참가에 대해 의사를 물었다.

전투기의 시뮬레이터는 시제기의 모든 테스트가 끝나고 현장에 나가기 전, 조종사의 양성을 위해 필요한 장비였다.

이 또한 SH항공에서 나눠 준 카탈로그에 담긴 내용이기에 타일러나 데이비드 모두 알고 있는 사항이었다.

"당연히 해 봐야지. 현역 전투기 조종사로서 새로운 것을 체험하는 것은 무척이나 신나는 일이거든."

질문을 받은 데이비드는 그를 보며 당연하다는 듯 대답하였다.

더욱이 SH항공의 KFA—01은 미국이 도입하기로 한 전투기 조종 시스템보다 훨씬 더 진보된 형태를 하고 있었다.

모든 것을 디지털화한 조종석과 전방 지시 화면들은 19인치의 대형 사이즈라 조종사에게 많은 정보를 정확하게 보여 주었다.

물론 모르는 사람이라면 뭐가 크냐고 따질 수도 있겠지만, 전투기 조종석의 그 비좁은 공간에서 19인치 화면이 얼마나 커다란 것인지 알지 못하기에 하는 소리다.

더욱이 조종사는 전투기를 조종하기 위해서 많은 정보를 실시간으로 받아들이고 컨트롤 할 수 있어야만 했다.

그 때문에 5세대 이전의 전투기들의 조종석은 무척이나 많은 종류의 계기판이 설치되어 있고, 그 모든것을 사용할 줄 알아야 하는 것이었다.

만약 그중 하나의 정보라도 놓치게 되면 자칫 치명적인 결과를 초래할 수 있었다.

기술이 발달하면서 화면은 아날로그에서 디지털 방식으로 바뀌었다.

전투기 조종사의 편의성을 올리면서도 안정성까지 확보하는 방법이었다.

하지만 넣어야 할 것이 무척이나 많기에 기술과 공간의 한계로 모든 것을 담아내지는 못했다.

그런데 SH항공은 그러한 한계를 넘어 최적화해 냈다.

그것도 F—15와 같은 대형 전투기가 아니라 크기가 겨우 14미터에 불과한 소형 전투기의 조종석에서 말이다.

KFA—01은 겨우 로우급의 전투기이면서 조종석은 하이급 전투기인 F—15보다 넓었다.

물론 몇 센티미터 정도의 차이에 불과하지만, 직접 탑승하는 조종사의 감각은 실내 공간이 무척 넓어졌다고 느낄 정도였다.

그러니 전투기 조종사인 데이비드나 타일러가 관심을 보이는 것은 어쩌면 당연한 일이었다.

그리고 이런 관심은 비단 두 사람과 같은 전투기 조종사들만 가지는 것이 아니었다.

분쟁 지역을 가지고 있는 국가나, 인근의 불안정한 정세로 인해 언제 어디서 전쟁이 발발할지 모르는 국가에서 온 관계자들 모두가 관심을 보일 만했다.

***

"생각보다 많은 사람들이 관심을 보이고 있습니다."

진호는 상기된 표정으로 이야기했다.

두 달 전에 참가한 KAI의 KF—21 시제기 출고식에서 받은 괄시 아닌 괄시를 떠올리면, 오늘 자신이 만든 KFA—01 편전의 시제기 출고식은 대성공이라 할 수 있었다.

"당연한 겁니다."

상기되어 흥분한 홍진호 부사장의 반응에 수호는 담담하게 대답했다.

그가 생각하기에 오늘 행사에 온 사람들의 반응은 모두 예상한 그대로였다.

KFA—01이 국가의 지원을 받지 않고 자신들의 손으로 만들어 낸 결과물이긴 했지만, 그 위의 미들급 전투기들 중에서도 이보다 좋은 기체는 손에 꼽을 정도로 아주 잘 만들어진 기체인 것이다.

특히나 KFA—01의 특징을 보면 수호가 어떤 목적으로 이것을 만들었는지 여실히 드러났다.

로우급 중에서도 작은 편에 속하는 KFA—01은 현존

하는 전투기 중 가장 짧은 거리에서 이륙할 수 있는 성능을 가지고 있었다.

그러면서 무게는 무장 능력이 미들급인 전투기에 준하는 14톤이나 되었다.

연료를 가득 채운다면 무려 4,100㎞의 항속거리를 가질 수 있었다.

한마디로 압축하자면, 약간의 설계 변경으로 항공모함 탑재 전투기로의 전환이 가능하다는 이야기였다.

일반 사람들이 보기에는 육상에서 사용하는 전투기나, 바다에서 사용하는 전투기나, 모두 같아 보일 수도 있다.

하지만 엄연히 두 전투기 간에는 차이가 분명히 존재했다.

그도 그럴 것이, 육지에서의 운용과 다르게 바다에서는 진한 해풍과 다양한 변수들의 영향을 생각하지 않을 수 없었다.

염분을 다분히 포함한 해풍을 받으며 비행하는 전투기의 경우, 짠 바닷물로 인해서 빠르게 부식될 수밖에 없었다.

그렇기 때문에 이러한 상황을 막기 위해 항공모함에서 사용하는 전투기들은 모두 방염 코팅을 해야했다.

그래서 공군에서 사용하는 전투기보다 항공모함에서

사용하는 전투기의 유지 운용비가 더 많이 들어가는 것이다.

그리고 현재 대한민국 해군은 강력한 해군의 상징과도 같은 항공모함을 가지길 원하고 있었다.

물론 '7만 톤급의 중형 항모냐, 4만 5,000톤급의 소형 항모냐' 하는 논란이 있기는 했다.

하지만 항공모함을 가지고 싶다는 생각만은 동일하였다.

물론 안으로 파고들면 또 다른 논란이 있긴 했다.

하지만 어찌 되었든 한국 해군이 자체적으로 항공모함을 원한다는 것은 대한민국을 둘러싼 국가들도 알고 있었다.

그런데 사실 항공모함은 문제가 되지 않았다.

항공모함이라는 것은 다른 군함들과 다르게 자체적으로 강력한 무장 능력이 있는 것은 아니기 때문이다.

항공모함이 두려운 점은 그것이 싣고 다니는 함재기 때문이었다.

어떤 전투기를 어느 정도 운용하느냐에 따라 그것을 보는 시선이 달라졌다.

일례로 미국의 슈퍼 캐리어는 전투기와 전자전기, 그리고 조기경보기와 공중급유기 등을 합쳐 무려 90기에 달하는 함재기를 운용한다.

울트라 코리아

그에 반해 중국의 항공모함은 20기 내외의 함재기를 보유했지만 하나같이 수준이 낮았고, 이마저도 제대로 운용을 하지 못한 채 보여 주기 식으로만 싣고 다니고 있다.

그렇기에 중국 항모전단의 경우, 주변국에 별다른 위협으로 다가오지 못했다.

하지만 미국 태평양 함대 소속의 항공모함 전대가 움직이면, 주변 국가들은 순식간에 긴장상태에 놓일 수밖에 없었다.

이는 미국의 항모전단이 보유한 전력이 웬만한 국가의 군사력을 능가하기 때문이다.

그런데 한국이 7만 톤급의 중형 항모를 취득하면서 40기 정도의 함재기를 갖추게 된다면, 그 영향력은 미국의 항공모함까지는 아니더라도 감히 무시하지 못할 정도임은 분명했다.

그리고 그 가능성을 가장 확실하게 만들어 주는 것이 이 KFA—01이었다.

KFA—01은 함재기로 유용하기에 아주 적합한 특징들을 많이 갖추고 있기 때문이다.

막말로 현 상태에서 방염처리만 한다면, 바로 함재기로써 유용이 가능하다고 볼 수 있었다.

데이비드나 타일러는 새삼 한국인들의 무서움을 깨달

을 수 있었다.

그리고 이런 생각을 하고 있는 것은 비단 두 사람만이 아니었다.

터키에서 온 훌루시 해군참모총장도 그들과 같은 생각을 했다.

현재 터키는 현직 대통령이 도입한 러시아제 방공미사일로 인해 미국과 대립하며 고초를 겪고 있었다.

때문에 미국의 5세대 스텔스 전투기 개발 프로그램에 참여한 국가에 속하면서도 F—35 스텔스 전투기를 단한 대도 도입하지 못했다.

원래 터키는 이 프로그램에 참여하면서 기체에 들어가는 부속품 생산은 물론이고, 100대의 F—35 스텔스 전투기를 구매하기로 결정되어 있었다.

하지만 미국은 F—35의 비행 기록이 자칫 러시아에 흘러 들어갈 수 있다는 것을 빌미로 이를 적극적으로 막아 왔다.

터키는 이런 미국의 제재에도 고집을 꺾지 않고 러시아제 방공미사일 시스템인 S—400 두 개 포대를 구입하여 배치하였다.

그러자 미국이 F—35의 판매를 금지한 것이었다.

그러고는 터키가 구매하려 한 F—35를 그들과 국경분쟁을 벌이고 있는 그리스에 판매해 버렸다.

이후, 터키와 미국의 관계는 그 어느 때보다 나빠졌으며, 미국과 동맹을 맺고 있는 다른 국가들과도 험악한 사이가 되었다.

그러한 이유로 F—35 탑재를 전제로 개발하던 항공모함도 공중에 뜨고 말았다.

그도 그럴 것이, 터키는 F—35 중에서도 수직이착륙을 할 수 있는 F—35 B형을 염두에 두고 항공모함을 건조하고 있었기에 일반 함재기로는 운용이 어려웠다.

그 때문에 수직이착륙이 가능한 다른 전투기를 알아보았지만, 마땅한 대안이 없었다.

터키는 헬기 항모로의 전환을 계획하였지만, 이 또한 미국과의 대립으로 힘들어졌다.

그래서 나온 대안이 드론 항모로의 전환이었다.

하지만 이는 항공모함으로서 가치가 매우 떨어지는 일이었고, 이 계획은 의견만이 분분한 채 제대로 실현되지 못했다.

왜냐하면 터키가 보유한 드론의 전투 반경이 너무도 짧아 운용의 의미가 없었기 때문이다.

그러다 보니 터키가 개발한 항공모함은 빛 좋은 개살구보다 못 한 애물단지로 전락했다.

그런데 이러던 찰나, 형제의 나라라 불리는 대한민국으로부터 한 줄기 빛이 날아온 것이었다.

그들의 전투기는 캐터펄트가 없어도 항공모함에서 완전무장을 하고 이륙할 수 있었다.

물론 현재는 함상전투기로 개발된 것이 아니지만, 약간의 개조만으로 충분히 사용이 가능해 보였다.

게다가 한국의 기술력이라면, 이 또한 금세 개량이 가능할 터였다.

로우급 전투기임에도 미들급 전투기 수준의 폭장량을 가지고 있으며, 더욱 중요한 것은 항속거리가 하이급 전투기에 준한다는 것이었다.

이는 조기경보기를 띄울 수 없는 터키의 항공모함에 있어 무척이나 중대한 요소가 아닐 수 없었다.

누가 봐도 터키의 항공모함에게 필요한 맞춤형 전투기였다.

훌루시 해군 사령관은 동행한 아카르 공군 사령관과 함께 사람들에게 둘러싸여 있는 수호에게 다가갔다.

비록 아직 실전 테스트가 남아 있는 시제기이긴 하지만, 이들의 입장에서 이보다 좋을 수가 없기에 접근을 한 것이다.

2. 이벤트 쇼

SH항공의 출고식은 단순히 시제기를 알리는 선에서 그치지 않았다.

  다양한 볼거리와 축하 공연으로 오늘 참석한 이들을 즐겁게 만들어 주었다.

  하지만 출고식에 온 관계자들을 더욱 몰입하게 한 것은 따로 있었다.

  그것은 바로 시제기의 조종석에 앉아 볼 수 있는 체험관과 실제 조종석과 똑같이 만들어 놓아 조종을 해 볼 수 있는 시뮬레이터였다.

  시뮬레이터를 이용해 보려는 사람들이 많아 비록 5분

의 짧은 시간만 이용할 수 있었지만, 이마저도 엄선된 인원만 사용할 수 있는 것이기에 경쟁이 매우 치열했다.

이번 행사에서 SH항공이 비행 훈련을 위한 시뮬레이터를 선보인 것은 수호의 계획이었다.

사실 시제기가 완성된 것으로 전투기의 생산 준비가 모두 끝나는 건 아니었다.

지상에서의 혹독한 환경에 놓일 때를 고려해 전투기의 컨디션을 확인해야 했고, 실제 비행 중 발생 가능한 여러 상황을 가정한 테스트를 여러 해 동안 거쳐야 했다.

그렇게 새롭게 발생한 문제들을 보완하고 모든 조건들을 통과한다면 양산에 들어갈 수 있는 것이었다.

하지만 KFA—01은 그러한 테스트가 불필요한 기체였다.

KFA—01을 설계한 것은 다른 누구도 아닌, 외계인이 만든 초인공지능 생명체인 슬레인이었기 때문이다.

비록 한 번도 만들어 본 적이 없는 전투기를 지구의 기술로만 설계한 것이지만, 슬레인에게는 아무런 문제가 없었다.

슬레인은 자신이 만든 슈퍼컴퓨터를 이용해 다양한 조건을 테스트하며 데이터를 수집했다.

울트라 코리아

그것이 실물을 가지고 실험한 것은 아니지만, 모든 변수를 완벽히 계산한 뒤 시행한 테스트였기에 가상의 공간이라도 완벽한 값을 구현해 낼 수 있었다.

때문에 시제기 출고식에서 영업까지 같이할 수 있다고 생각했고, 일부러 시뮬레이터까지 동원을 하여 쇼를 벌인 것이다.

이러한 수호의 계획은 확실하게 먹혀들었다.

사용 마감 시간이 30분도 채 남지 않았지만, 시뮬레이터의 앞에는 한 번이라도 이용해 보고자 몰려든 사람들로 인해 북새통을 이루고 있었다.

***

치익!

콕피트가 열리자 안에 있던 사람이 헬멧을 자리에 내려놓고 일어났다.

"와우!"

시뮬레이터에서 나온 데이비드는 자신도 모르게 환호성을 내질렀다.

그도 그럴 것이, 지금까지 데이비드는 이처럼 완벽하게 구현된 전투기 조종석을 단 한번도 본 적이 없었기 때문이다.

뿐만 아니라, 조종석의 흔들림이나 좌석의 진동은 마치 자신이 실제 전투기에 탑승하여 조종을 하는 듯한 느낌마저 들게 만들었다.

겨우 5분 만에 끝난 전투기 조종이었지만, 그 감동을 무시할 수 없어 자연스레 탄성이 터져 나왔다.

그리고 그건 비단 데이비드만이 아닌, 타일러 역시 마찬가지였다.

"데이빗! 이거 굉장하지 않아?"

타일러는 시뮬레이션을 통해 KFA—01의 성능을 간접 체험하고는 놀라워하며 소리쳤다.

타일러와 데이비드는 현역 공군 조종사다.

미 공군 제51전투비행단의 소속인 그들은 F—16D와 F—15E를 거쳐 최신 스텔스 전투기인 F—35의 조종사가 되었다.

즉, 미 공군이 운용하고 있는 4세대 이상 전투기 중 세계 최강이라 불리는 F—22 스텔스 전투기를 제외한 다른 최고의 기체들을 탑승해 본 것이다.

그런 두 사람이 SH항공에서 제작한 KFA—01의 시뮬레이션을 경험하고 이렇게 신기해하는 것은 참으로 놀라운 광경일 수 없었다.

하지만 하나하나 살펴보자면 당연한 일이었다.

미국의 전투기가 최고는 맞지만, 최신이라 할 수는

없었다.

반면에 SH항공이 제작한 KFA—01은 슬레인이 이론으로만 존재하던 신기술들을 완성시켜 만들어 낸 것이었다.

그렇게 적용된 기술 중 가장 극찬을 받은 것이 데이터의 디지털화였다.

많은 사람들이 최신 전투기에 대해 간과하는 것이 있다.

전투기의 능력이 올라갈수록 컴퓨터의 도움을 받는 영역도 커진다는 것이다.

이는 기체의 속도 상승과 적의 레이더를 피하는 스텔스 형상이 적용되면서 더욱 커졌다.

그러다 보니 인간의 능력만으로는 더 이상 전투기를 감당할 수 없게 됐고, 수식을 계산하여 활용하는 컴퓨터가 전투기를 제어하게 되었다.

게다가 점점 기술이 발전하고 요구하는 조건이 많아지면서 처리해야 할 정보 또한 많아졌기에 컴퓨터의 성능도 상승했다.

그리고 이러한 조건들은 F—22나 F—35에 와서 최고조에 이르렀다.

그런데 수호는 전투기에 들어가는 컴퓨터를 단순히 비행 제어에만 적용하지 않았다.

보다 직관적으로 조종사에게 도움을 주도록 설계를 변경한 것이다.

이전의 조종사는 컴퓨터의 도움을 받는다고 해도 수많은 계기판과 고도계, 그리고 압력계 등 다양한 정보를 받아들여야만 했다.

그러다 보면 자칫 적기와 싸울 때 실수를 벌일 수도 있었고, 이는 조종사의 목숨과 직결된 일이었다.

수호는 이러한 점에서 착안해 KFA—01의 디스플레이를 간단하게 만들었다.

전투기 조종석에 설치되어 있는 갖가지 아날로그 데이터를 디지털화 하고, 불필요한 정보는 전투기에 내장된 컴퓨터에 맡긴 것이다.

결과적으로 조종사는 전투기 조종에만 집중할 수 있었다.

그러다 보니 시뮬레이터를 통해 KFA—01의 조종을 간접 체험한 데이비드와 타일러 대위가 감탄한 것이다.

적과 교전할 때 지원되는 컴퓨터의 보조와 너무도 편한 환경은 전투기를 조종하는 것이 아닌, 마치 슈팅 게임을 하는 것 같은 착각을 일으키게 만들었다.

이런 느낌은 두 사람에게 오래전 잃어버린 감정을 이끌어 냈다.

"이 정도면 사관학교를 갓 졸업한 루키들도 금방 적

울트라 코리아

응을 하겠는데?"

그들은 편의성이 좋은 계기판이나 조종석이 기체에 적응하는 시간을 획기적으로 단축하는 데 도움을 줄 것이라 확신했다.

만약 시뮬레이션대로만 KFA—01이 작동한다면, 훈련을 한 시간만 받아도 충분히 실제 비행이 가능할 것 같았다.

***

SH항공의 시제기 출고식에는 전투기와 전혀 관계없는 PMC인 아레스도 참석해 있었다.

그들의 대표로 사장인 심보성과 상무인 이기준이 모습을 보였다.

"아니, 뜬금없이 전투기라니. 참나."

심보성은 수호를 보면서 어처구니없다는 듯이 말을 걸었다.

그는 예비역 대령이긴 해도 특수부대에 오랜 기간 근무했기에 전투기에 관해선 별로 아는 것이 없었다.

그저 한때 자신의 밑에 있던 수호가 전혀 연관이 없는 항공 회사의 오너가 되고 전투기를 개발한 것에 대해 놀라서 이야기를 하는 것이다.

"전에 방탄 스프레이를 가지고 올 때도 느꼈지만, 정고문은 통 알 수가 없습니다."

심보성과 함께 온 이기준은 수호가 이제는 거대한 존재가 되었다는 것을 느끼며 이야기를 나눴다.

아닌 게 아니라, 지금 수호는 많은 사람들 속에 섞여서 이야기를 나누고 있었고, 그 면면을 보면 하나같이 거물들이었다.

***

"미스터 정, 궁금한 것이 있습니다만, 시뮬레이터와 실제 비행기의 싱크로는 어느 정도입니까?"

UAE의 국방 장관이자 왕자인 만세르는 전투기에 대해 설명하고 있는 수호에게 물었다.

아무리 잘 만들어진 시뮬레이션이라 해도 100% 기능이 일치하진 않을 것이라 생각했기 때문이다.

그리고 그건 주변에 있던 다른 사람들도 모두 같은 생각이었다.

아무리 기술이 급격히 발전을 하고 있다지만, 아직 현실과 100% 동일한 가상현실은 없었다.

"흠, 그렇게 물어보신다면 전 100%라고 대답을 하겠습니다."

수호는 자신을 향해 관심을 보이는 중동의 왕자들과 무기 상인들을 보며 자신 있게 대답했다.

"아니, 그게 가능하다는 말입니까?"

비록 수호가 나이는 어려 보여도 행사의 호스트다 보니 그에게 질문하는 이들도 함부로 말을 놓지는 않았다.

하지만 수호의 말에 반감을 가지는 이들은 어느 곳에나 있었다.

"제 말을 못 믿으시겠지만, 믿지 않을 수 없을 겁니다."

자신에게 반감을 가지며 공격하는 이들에게 수호는 단호하게 이야기하였다.

그런 그의 말에 처음 질문한 만세르는 눈을 빛내며 더욱 관심을 보였다.

"그게 사실인가?"

"정 못 믿으시겠다면, 보여 드릴 수도 있습니다."

어디서 나온 자신감인지, 수호는 거듭된 질문에 보여 줄 수도 있다고 대답했다.

그러자 조금 전까지 그의 말에 반감을 나타내던 이들마저 갑자기 관심을 보였다.

그 뜻은 시뮬레이션이 아닌 실제 전투기를 시연하겠다는 말이나 마찬가지기 때문이었다.

"그게 가능한가?"

UAE의 국방 장관이란 자리보다도 세계적인 갑부로 더욱 이름이 높은 만세르가 다시 한번 물어 왔다.

"제가 실물을 보여 드리면, 왕자님께선 어떻게 하시겠습니까?"

수호는 만세르가 왜 이런 질문을 꺼낸 것인지 잘 알고 있었다.

사실 행사에 참석한 이들은 이미 수호가 슬레인을 통해 조사한 뒤, 초청장을 보낸 이들이었다.

비록 모든 사람을 비즈니스 파트너로 채운 것은 아니지만, 지금 대화를 나누고 있는 만세르 왕자는 분명 수호가 엄선한 이들 중 한 명이었다.

UAE 국방 장관이기도 한 그는 자신이 개발한 시제기를 사 줄 수 있는 사람이었다.

현재 UAE는 예멘 내전에 깊이 관여하고 있었다.

예멘과 UAE는 비록 서로 국경은 맞대고 있지는 않았지만, 종교적인 이유로 내전을 벌이고 있는 예멘 정부를 지원하고 있는 것이다.

그러다 보니 수많은 무기들을 세계 각지에서 사들였고, 이 때문에 정작 UAE 본국이 어려운 상황에 봉착하고 말았다.

그도 그럴 것이, 다른 나라의 분쟁에 개입한 일 때문

에 많은 나라에서 제재를 당한 것이다.

게다가 호르무즈해협을 사이에 두고 있는 이란이었기에 UN의 제재가 풀린 틈을 타서 무력시위를 시작했다.

이란은 UAE보다 군사력으로 보나, 땅의 크기로 보나 훨씬 강력했다.

게다가 이란은 시아파의 구심점인 나라로 수니파인 UAE와는 적대적이었다.

더욱이 이란과 UAE를 가르는 호르무즈해협의 너비는 겨우 50km에 지나지 않았다.

이 거리는 중거리미사일로 충분히 넘을 수 있는 거리였으며, 한국의 명품 자주포인 K—9으로 사거리 연장탄을 쏘면 닿는 거리였다.

그렇기 때문에 UAE로서는 긴장하지 않을 수가 없었고, 방어 목적으로 많은 무기를 사들였다.

그 결과 세계 방산 시장에 큰손으로 자리 잡을 수 있었다.

"그 말이 사실이라면 내가 KFA—01을 100대 사 주지."

현재 UAE 공군은 프랑스제 미라주 전투기를 운용했지만, 노후화된 기체이기에 교체할 시기가 다가오고 있었다.

때문에 F—35 스텔스 전투기로 대체하고자 미국의

트랭크 행정부와 논의했다.

하지만 이슬람 국가인 UAE에 최신 스텔스 전투기를 판매했다가 자칫하면 최신 기술이 이란이나 중국 등 미국의 적국에 넘어갈 우려가 있기 때문에 의회에서 반려됐다.

대신 미국은 5세대 스텔스 전투기가 아닌 4.5세대 전투기로 업그레이드가 된 F—16이나 F—15를 구입하라는 의향을 내비쳤다.

그러면서도 가격은 상당히 높게 불렀다.

예전 같았으면 UAE는 울며 겨자 먹는 심정으로 미국의 의향을 따랐을 것이다.

다른 국가의 전투기를 구입한다 한들 이란의 위협 속에서 미국만큼 제대로 된 보호해 주는 곳은 없었고, 가격이 싼 것도 아니기 때문이다.

오히려 이런 UAE의 사정을 알고 있는 프랑스나 유럽연합이기에 더욱 비싼 가격에 무기를 판매하려고 하였다.

그렇다고 미국과 대립하고 있는 러시아의 전투기를 구매할 수도 없었다.

그동안 서방의 기체만 다루어 보았기에 러시아제 전투기를 운용하기 위해선 모든 것을 새로 배워야 했으며, 결정적으로 러시아제 무기는 군수 지원이 원활하지 않다는 약점이 있었다.

때문에 UAE는 어쩔 수 없이 바가지를 쓰면서도 미국이 전투기를 팔아 준다는 것에 고마워하며 구매할 수밖에 없었다.

하지만 새로운 국가가 4세대 이상의 전투기를 생산하기 시작했다.

그것도 자신들과 관계가 좋은 나라였다.

비록 크기는 작았지만 세계에서 손에 꼽힐 정도로 군사력이 강력하고, 자국의 안전을 맡길 수 있는 신뢰성 또한 있었다.

만세르 왕자는 SH항공이 제작한 KFA—01의 제원을 읽어 보았다.

'카탈로그와 비슷한 성능을 내면 100대, 200대 상관없이 모두 사 주지.'

만세르는 속으로 되뇌었다.

그도 그럴 것이, 자신이 들고 있는 카탈로그의 정보에는 자국이 보유한 최신 전투기인 F—16V에 못지않은 성능을 가졌다고 나와 있었다.

그런데 가격은 그 절반 수준인 5,500만 달러에 지나지 않았다.

이는 KFA—01와 경쟁하고 있는 기종인 스웨덴의 JAS—39 그리펜NG보다 무려 2,000만 달러나 더 저렴한 가격이었다.

그러니 UAE 입장에선 저렴하면서도 성능은 보다 좋은 KFA—01 편전을 구입하는 것이 훨씬 이득이었다.

한편, 수호는 방금 전 만세르 왕자가 한 이야기를 듣고 눈을 반짝였다.

자신이 꺼낸 말이 사실이라면 바로 100대를 주문하겠다고 호언장담했기 때문이다.

아무리 자신이 만든 전투기가 다른 비슷한 성능의 기체에 비해 저렴하기는 하지만, 한 대당 가격이 무려 5,500만 달러나 하는 비싼 물건이다.

그런데 그것을 무려 100대나 주문을 하겠다고 하자 흥분을 하지 않을 수 없었다.

하지만 이미 신체와 정신이 인간의 한계를 초월한 수호이기에 그런 기분은 금세 잠잠해졌다.

반면에 주변에 있던 사람들은 그렇지 못했다.

이제 겨우 시제기가 나온 상태에서 그런 대량 주문은 상상하지 못할 일이었다.

심지어 5,500만 달러는 순수하게 전투기 기체 가격만을 이야기한 것이다.

추가적으로 들어가는 무기와 예비 부속까지 감안한다면, 2~30% 정도 더 높은 가격이 책정된다.

단 한 번의 시연으로 엄청난 금액이 오가는 전례 없

는 이벤트에 사람들의 관심이 쏠렸다.

***

KFA—01 편전의 실제 기동 준비는 약간의 시간이 소요되긴 했지만, 아무런 반발 없이 진행되었다.

원칙대로라면 불가능할 법한 일이었지만, 어찌된 것인지 정부는 물론이고, 국방부와 인근 청주국제공항 관제소에서도 허가가 떨어졌다.

물론 이는 사전에 수호가 계획해 둔 것이었다.

국가의 지원을 전혀 받지 않은 민간 항공회사가 전투기를 개발하는 건 말이 안 될 정도로 힘든 일이었다.

하지만 수호는 자신의 수중에 넣은 대동회 인사 중 국방위에 속한 채낙연과 신준식 의원, 그리고 심보성 아레스 사장을 통해 장군회에 영향력을 행사할 수 있었다.

그리고 SH항공은 예비역 장성들로 구성된 장군회의 도움으로 군수산업 중 핵심이라 할 수 있는 전투기 제작 회사로 거듭날 수 있었다.

뿐만 아니라 시제기 출고식에 중동의 국방 관련 핵심 인사들을 초청해 시연하는 것 또한 준비했고, 개발한 전투기의 판매로 이어지도록 했다.

게다가 수호는 한국의 다른 제조업체인 KAI에게도 도움을 주었다.

사실 KF—21 보라매가 대한민국 공군의 노후화된 기체를 대체할 때, SH항공의 KFA—01도 이를 노린다면 KAI에게 치명적으로 작용할 수 있었다.

보라매의 개발비로 8조 8000억 원이나 투입된 사업이 자칫 적자가 날 수도 있기 때문이다.

수호는 애써 개발한 기술을 사장시킬 필요도 없을뿐더러, 자신이 개발한 기체보다 성능은 떨어져도 약간의 개량만 거친다면 충분히 경쟁력 있는 전투기라고 생각했기 때문에 그들에게 기회를 주기로 했다.

KAI의 보라매는 전적으로 국내 공군의 소요만을 목표로 개발된 전투기였다.

물론 인도네시아가 20%의 개발비를 부담하며 시제기 한 대를 포함한 49대의 전투기를 현지에서 생산하기로 계약하기는 했지만, 세계적 전염병의 대유행으로 분담금이 미뤄져 계약이 불투명해졌다.

만일 이때 공군이 필요로 하는 물량을 KFA—01과 나눠 생산하면, KF—21의 판매금이 도입 비용을 넘지 못하게 되면서 사업에 실패하게 된다.

물론 공군으로서는 비교적 저렴한 KFA—01을 사는 것이 이득이겠지만, KAI의 입장에서나 후일 대한민국의 입장에서는 결코 바람직한 결과라고 생각할 수 없었다.

KAI가 주도한 KFX 프로그램은 단순한 전투기 도입 사업이 아닌 장기 프로젝트다.

KF—21 블록 0, 블록 1으로 계속해서 개선되고 블록 3에 가서는 기존 4세대 전투기가 아닌 5세대 스텔스 전투기를 상정한 개량이 이루어질 것이다.

그리고 블록 4에 가선 현재 전투기 제조 선진국이라 할 수 있는 미국이나 EU가 연구하고 있는 6세대 전투기를 목표로 하고 있다.

그러니 이런 장기 프로젝트를 성공시키기 위해서는 원래 계획대로 KF—21이 국내 소요분을 모두 가져가 연구 개발비를 얻어야만 했다.

또한 현재 동북아시아의 정세가 불안정하기 때문에 빠르게 대한민국이 강력한 군사력을 가져야 했다.

그러기 위해서는 SH항공에서 홀로 전투기를 생산하기보단 KAI에서도 생산하는 것이 좋았다.

그렇기에 수호는 굳이 국내 소요분을 목표로 하지 않고 처음부터 해외 판매를 생각했다.

나중에 대한민국 공군의 요구가 있다면, 그때 국내 판매를 해도 늦지 않는 일이었다.

어차피 전투기는 많으면 많을수록 전력에 큰 보탬이

되기 때문이다.

그런 이유로 정부나 군 관계자들도 수호의 계획에 힘을 실어 주었다.

***

위이잉!

출고식에서 선보인 시제기는 어느새 주기장으로 옮겨졌다.

KFA—01 편전이 엔진에 점화하고 천천히 활주로로 움직이자, 이를 지켜보던 사람들 속에서 작은 환호성이 들려왔다.

사실 시제기가 이렇게 사람들이 많은 곳에서 움직이는 것을 보는 일은 관계자 외에는 있을 수 없는 일이었다.

하지만 목적을 가지고 벌이는 이벤트이다 보니 상관없었다.

"놀랍군! 설마 시제기를 사용할 것이라고는 상상도 못 했어."

만세르는 너무 놀라 두 눈을 크게 뜨며 중얼거렸다.

"굳이 다른 것을 준비할 필요가 있겠습니까?"

수호는 옆에서 그 말을 듣고 작게 귓속말을 하였다.

"왕자님께서도 조종석 내부를 보셨으니, 지금 보여 드리는 것이 그저 사람들을 홀리기 위해 벌이는 쇼가 아님을 아실 것입니다."

치직!

— 여기는 편전 제로제로원! 이륙 준비 완료.

수호가 만세르와 귓속말을 주고받을 때, 스피커에서 무전이 들려왔다.

"이제 준비가 된 것 같습니다."

"설마 비행을?"

자신의 말 때문에 설마 아직 지상 테스트도 거치지 않은 시제기를 띄울 것이라고는 예상하지 못한 만세르 왕자가 너무 놀라 고개를 돌려 물었다.

"저희 SH항공의 기술은 완벽합니다. 비록……."

수호는 자신이 만든 KFA—01이 어떻게 만들어졌으며, 그동안 어떤 시험을 거쳤는지 모두 이야기를 하였다.

사실 KFA—01이 실제로 비행을 한 적은 몇 번 없었다.

그렇지만 전혀 걱정하지 않았다.

그 몇 번의 비행만으로 KFA—01을 테스트한 전투기

조종사들이 한껏 들뜬 채 기체의 우수성을 이야기를 했기 때문이다.

수호는 시험 운행을 위한 전투기 조종사들을 평균 연봉의 배나 주고 데려왔다.

처음에는 '국내의 조종사를 데려올까?'라는 생각을 했지만, 생각을 바꿔 미국에서 조종사를 데려왔다.

하지만 이는 쉽지 않았다.

이름도 알려지지 않은 전투기 제조회사에 오려는 조종사가 없었기 때문이다.

그도 그럴 것이, 처음으로 전투기를 개발하는 이름도 들어 보지 못한 항공기 제작사의 계약을 어떻게 믿는다는 말인가.

새로 개발되는 전투기 테스트는 결코 쉬운 일이 아니다.

전투기에 어떤 결함이 있는지, 혹은 전자 제어 장치에 어떤 오류가 있는지 알 수 없기 때문이다.

뿐만 아니라 그런 오류가 없다고 해도 일부러 극한의 상황을 만들어 그것에 전투기 기체가 어떤 반응을 보이는지도 알아봐야만 했다.

그렇기에 시험 운행 조종사의 경우 일반 전투기 조종사보다 훨씬 경력이 많은 베테랑들이 이런 일을 하였으며, 그래서 이들의 연봉도 일반 파일럿보다 훨씬 높을 수밖에 없었다.

수호는 처음에 이런 시험 운행 조종사를 1.5배 인상된 연봉으로 계약을 하려 하였지만, 성공하지 못했다.

조금 전에도 언급한 것과 같이 믿을 수 없기 때문이었다.

조종사들은 자신의 목숨을 걸고 하는 일이기에 회사에 어느 정도 믿음이 가야 그들이 개발하는 전투기에 몸을 실었다.

그래서 SH항공이란 이름도 들어 보지 못한 신생 전투기 제조업체에서 시험 운행 조종사를 기존보다 높은 연봉으로 모집한다고 했을 때 많은 조종사들이 거절했다.

SH항공이란 곳이 오랜 전통이 있는 회사도 아니었고, 전투기 개발에 뛰어난 이력을 가진 나라에 속한 회사도 아니었기 때문이다.

이에 수호는 하는 수 없이 기존 금액의 두 배에 달하는 약속한 것은 물론이고, 가족들에 대한 의료 혜택과 집, 그리고 생활비까지 일정 부분 지원을 해 주는 초특급 대우를 해 주며 세 명의 전투기 시험 운행 조종사와 계약을 맺었다.

그리고 지금 그중 한 명이 시제기에 올라 비행을 준비 중이었다.

위이잉!

KFA—01은 요란한 엔진 음을 내며 빠르게 활주로를 달렸다.

***

SH항공의 테스트 파일럿이 된 메버릭 위쳄은 오늘 시제기 출고식에 참석을 하였다.

혹시 모를 KFA—01의 이벤트 때문이었다.

처음 이런 이야기를 들었을 때는 자신의 귀를 의심했다.

그도 그럴 것이, 너무나도 황당한 이야기였기 때문이다.

시제기 출고식에 비행 테스트를 한다니 그게 말이나 되는 이야기인가.

하지만 설명을 들어 보니 이해하지 못할 이야기는 아니었다.

외국의 바이어들에게 SH항공이 만든 전투기를 판매하기 위해 일부러 파격적인 이벤트를 하는 것이라는 이야기에 수긍을 하였다.

그리고 이에 응한다면 상당한 보너스를 주겠다는 말을 들었기에 별로 불만은 없었다.

사실 요즘 시국에 가족과 함께 한국에 있는 것은 축복이었다.

처음 자신이 한국의 이름 모를 항공기 제작사에 테스트 파일럿으로 계약을 했다고 했을 때, 가족들의 우려는 이만저만이 아니었다.

중국에서 시작된 대유행이 크게 발발했기 때문이다.

그렇지만 조건이 너무 좋아 어쩔 수 없이 계약을 했다.

게다가 한국을 경험한 사람들의 이야기를 들어 보면 생각보다 위험하지 않고, 또 의료 시스템도 잘 갖춰져 있어 오히려 미국보다 좋다고 하였다.

처음에는 이런 이야기를 믿지 않았다.

하지만 한 명, 두 명 비슷한 이야기를 하는 사람들이 늘어나면서 믿을 수 있게 되었다.

결정적으로 메버릭이 한국행을 결심한 것은 그의 딸 때문이었다.

그의 딸 에이미는 한국 문화에 푹 빠져 있었다.

어려서는 친구들과 사고를 치고 마약에 중독되어 재활 치료 센터까지 다녀오는 문제아였다.

그러던 문제아가 K—POP을 듣고 K—드라마를 보며 바뀌었다.

K—POP과 K—드라마의 영향으로 중독에서 빠져나

올 수 있었고, 건강을 회복했다.

그로 인해 무너지던 가족 간의 유대가 회복되었다.

그러던 차에 한국의 회사와 계약을 했다는 소식을 듣고 가장 먼저 기뻐한 것은 한국에 빠져 있는 딸, 에이미였다.

때문에 아내도 어쩔 도리 없이 그의 한국행을 허락할 수밖에 없었다.

안정된 직장을 버리고 타국인 한국으로 온 가족이 이전을 해야 했기에 스트레스를 받긴 했지만, 문제아이던 딸이 정신을 차리게 만든 한국이 어떤 나라인지 궁금해졌기에 아내도 허락을 한 것이다.

그렇게 한국에 온 메버릭과 가족들은 비교적 잘 알려진 서울이 아닌, 청주에 자리를 잡았다.

처음에는 걱정도 많았지만, 오히려 커다란 도시이면서도 번잡하지 않아 적응을 하는 데 도움이 되었다.

이렇게 메버릭이 대기실에서 이런 저런 생각을 하고 있을 때, 누군가 다가와 말을 걸었다.

"메버릭, 준비됐어?"

다가와 말을 건 사람은 그와 함께 SH항공의 시험 운행 조종사로 온 매튜였다.

"나야 언제나 준비되어 있지. 그런데 밀러는?"

매튜의 물음에 대답한 메버릭은 또 다른 동료의 행방

을 물었다.

"아, 밀러는 오랜 전우를 만났다고 여기 오지 못했어."

"그래? 여기에 초대받을 정도면 상당한 직위에 있나 봐?"

오늘 행사에 대해 어느 정도 알고 있었기에 메버릭은 고개를 갸웃거리며 물었다.

"그런가 봐. 쿠웨이트의 왕자라고 하던가?"

"쿠웨이트 왕자?"

"그래."

"허… 밀러의 인맥이 상당한데?"

메버릭은 뜻밖의 말에 깜짝 놀랐다.

"메버릭 씨, 1번 주기장으로 가면 됩니다."

언제 들어왔는지 직원 한 명이 대기실로 들어와 이야기를 하였다.

"OK!"

메버릭은 대답을 하고 자리에서 일어났다.

"잘 다녀오라고."

일어서는 그의 뒤로 매튜가 어깨를 두드려 주며 격려했다.

"걱정하지 마!"

간단히 대답한 메버릭은 대기실을 빠져나와 자신의

애마가 있는 1번 주기장으로 향했다.

메버릭의 애마는 SH항공이 제작한 KFA—01 001호기였다.

스윽!

주기장에 도착한 메버릭은 자신의 애마를 살며시 손으로 쓸어 보았다.

"오늘도 잘 부탁한다."

새로 개발된 전투기를 테스트하기 위해 언제나 하는 루틴이었다.

언제, 어느 때 자신이 타고 있던 전투기에 이상이 생길지 모르는 일이기에 오늘도 안전하게 테스트를 마칠 수 있게 해 달라는 기도와 같은 의식이었다.

테스트 전 간단히 자신만의 의식을 마친 메버릭은 전투기 조종석에 앉았다.

그동안 그가 테스트를 한 그 어떤 기체 보다 간단하고 편리한 조종석 디스플레이를 보며 입가에 저절로 미소가 지어졌다.

마치 그의 막내아들이 하는 비디오 게임의 화면을 보는 것 같았다.

전투기 조종사의 아들이어서 그런지 그의 막내아들은 비행 시뮬레이션 게임을 좋아했다.

그가 퇴근을 하고 집에 들어가면 비행기 게임을 손에

잡고 있는 아들의 모습을 자주 볼 수 있었다.

그런데 지금 보고 있는 애마의 조종석은 마치 게임의 그것을 옮겨 온 것 같은 모양을 하고 있었다.

'이 정도면 앨런도 조종할 수 있겠네.'

언제나 느끼는 것이지만, 이곳에 앉으며 새삼 그런 생각이 들었다.

"여기는 편전 제로제로원! 준비 완료."

감상은 감상이고, 메버릭은 자신이 할 일을 잊지 않았다.

그는 준비되자 바로 관제소에 상황을 알렸다.

치직!

— 제로제로원! 그럼 행운을 빈다.

관제소의 허락과 함께 테스트 비행의 무운을 비는 덕담을 끝으로 통신이 끊어졌다.

"부탁한다."

작게 자신의 바람을 중얼거린 메버릭은 조종간을 당겼다.

우웅!

쉬잉!

메버릭이 타고 있는 KFA—01 001은 빠르게 활주로를 질주했다.

그리고 불과 50m 정도 달렸을까?

앞바퀴가 살짝 들렸다.

그러고는 200m를 넘어가는 순간, 뒷바퀴마저 땅에서 떨어지고 급격이 각도를 높이며 상승했다.

"하아!"

자신의 애마가 하늘 높이 날아오르자, 메버릭은 안도의 한숨을 내뱉었다.

그리고 본격적으로 비행을 시작했다.

전투기가 무사히 이륙하자, 어느 정도 긴장이 풀렸다.

매번 하는 비행이었지만, 메버릭은 이륙과 착륙의 순간 긴장을 안 할 수 없었다.

그도 그럴 것이, 이륙 중이나 착륙 중 문제가 발생을 하게 되면 그때는 안전을 장담할 수 없기 때문이다.

차라리 하늘 높이 있을 때 생기는 문제에는 비상 탈출이라는 마지막 수단이 있었다.

하지만 이착륙 순간에는 고도가 너무도 낮아 비상 탈출로도 안전을 장담할 수가 없다.

그렇기에 이착륙의 순간이 비행 중 가장 어려운 일이었다.

그런 어려운 고비를 넘기고 메버릭은 자신이 할 수 있는 모든 비행 기술을 쏟아 내듯 KFA—01을 가지고 다양한 비행을 선보였다.

　이런 메버릭의 곡예비행에 버금가는 기동을 보면서 사람들은 환호성을 질렀다.

3. 계약

KFA—01 편전의 시범 비행 이벤트가 끝났다.

시범 비행 조종사가 베테랑인 메버릭이다 보니 갖가지 곡예비행은 두말할 것 없었다.

게다가 전투기의 특징을 확실하게 보여 줄 수 있는 비행까지 보여줌으로써 출고식을 관람하는 참석자들을 만족시켰다.

"저렇게 작은 전투기가 중무장을 하고도 곡예비행이 가능하다니……."

엔진 성능과 비행 제어 시스템의 조화로 KFA—01은 완벽한 퍼포먼스를 보여 주었다.

그러다 보니 이를 지켜본 사람들은 하나같이 그 광경에 감탄을 자아냈다.

"어떻습니까?"

수호는 시범 비행을 마치고 천천히 내려오고 있는 KFA—01을 흐뭇하게 바라보는 만세르 왕자에게 물었다.

"훌륭해! 내 생각보다 더 멋진 비행이었소."

아직도 조금 전에 KFA—01이 보여 준 비행 퍼포먼스의 감동에서 벗어나지 못한 만세르는 마치 자동 응답기가 반응하듯 눈도 깜박하지 않은 채 수호에게 대답했다.

"약속대로 100대를 우선 주문하겠네."

KFA—01의 시범에 감동한 만세르는 바로 그 자리에서 약속을 지켰다.

물론 정식으로 출고하려면 지상 테스트 과정을 거쳐야 했다.

하지만 이미 KFA—01의 성능에 반한 만세르에게 그런 것은 머릿속에 들어오지 않았다.

그리고 수호 또한 가상의 공간에서 실제와 비슷한 조건, 아니, 오히려 그보다 더 심한 곳에서 KFA—01에 대한 실험을 했다.

그렇기에 그 누구보다 자신감이 있었다.

"앞으로 1년 뒤면 인도받으실 수 있을 것입니다."

원래 새로운 전투기가 개발되면, 1년의 지상 실험과 4년간 2,200회의 비행 시험을 거쳐야 했다.

하지만 수호는 이런 과정들을 1년으로 압축시킬 계획이었다.

그것을 위해서 KFA—01 시제기를 무려 여섯 기나 제작했다.

세 기는 지상 시험을 하기 위해, 그리고 남은 세 기는 시범 비행 조종사를 활용하여 비행 시험을 치를 예정이다.

그렇게 이수해야 할 실험과 시험 기간을 확연하게 줄여서 1년 뒤에 KFA—01을 양산하는 것이 그의 목표였다.

"허, 그게 가능한 일인가?"

만세르는 수호가 한 말에 깜짝 놀랐다.

그도 오랜 기간 UAE의 국방 장관을 지내면서 각종 무기의 취득 과정이나 개발 과정을 잘 알고 있었기에 반문했다.

그리고 전투기의 개발이 얼마나 오래 걸리는지, 또 양산에 들어가기 전까지 또 얼마나 오랜 기간이 걸리는지도 잘 알고 있었다.

그런데 지금 이 한국인은 그런 상식을 파괴하는 이야

기를 하고 있었다.

"왕자님, 현대의 과학기술은 날로 발전하고 있습니다."

수호 또한 이런 과정이 오래 걸린다는 것을 잘 알고 있었다.

그리고 시험을 통해 새로 발견된 오류를 수정하는 과정이 필요하다는 것도 인지하고 있었다.

하지만 슬레인과 자신이 만든 KFA―01의 설계와 개발은 완벽했고 이런 단계들을 넘어가도 문제가 생길 일은 없었다.

그러나 상식적인 선에서 이를 만세르 왕자에게 설명해 줄 수는 없었다.

그렇기에 현대의 과학기술이 인간의 상식보다 더 빠르게 발전을 하고 있다는 애매한 설명밖에 할 수 없었다.

만약 누군가 이걸 트집 잡으려 해도 기밀이라는 말로 숨기면 되었다.

더욱이 KFA―01의 설계는 사실 새로운 것은 거의 없었다.

기존에 있는 전투기 설계 이념을 그대로 옮겨다 조합한 것뿐이기 때문이다.

다만, 이런 조합을 초인공지능인 슬레인이 수천수만

번 이상 시뮬레이션을 통해 오류를 잡았다.

그리고 3D 프린팅 기술로 만든 모형을 조립하면서 설계하였다.

그뿐만 아니라 설계를 완성한 뒤, 실제 전투기들이 해야 하는 지상 실험까지 시뮬레이션으로 대체를 하였다.

심지어 수호와 슬레인은 극한의 기후 조건보다 더 심한 상황을 상정해 시뮬레이션을 돌렸기에 굳이 시제기로 지상 실험을 할 필요는 없었다.

하지만 이런 결과와 확인은 수호와 슬레인에게만 국한되는 이야기였다.

다른 사람을 이해시키기 위해선 요식행위라도 지상 실험을 안 할 수는 없었고, 따라서 2,200회의 비행 시험을 넘어갈 수는 없는 것이다.

그래서 수호에겐 1년의 시간이 필요했다.

수호는 그 1년 안에 KFA―01을 최대한 운용해 2,200회의 비행 테스트를 끝낼 생각이었다.

그리고 이 과정을 통해 KFA―01을 보는 전투기 관련 종사자들을 이해시킬 것이다.

"무장은 기존의 미국이나 유럽제 무기를 장착하겠지만, 한국에서 개발되는 무기 또한 탑재가 가능할 것입니다."

현재 한국의 전투기에서 운용 가능한 미사일은 아직 공대지미사일이 전부였다.

물론 KF—21이 개발되면서 공대공미사일 개발에 착수를 했고, 또 공대함미사일도 개발될 예정이었다.

하지만 이를 바라보는 다른 이들의 시선은 그렇게 호의적인 것만은 아니었다.

한국은 이미 대함미사일이나 지대공미사일은 개발에 성공했다.

그렇지만 공대공이나 공대함미사일은 아직 개발하지 못했다.

이 중 공대함미사일은 그나마 개발에 성공할 확률이 높기는 하지만, 공대공미사일의 경우 이는 다른 지상발사나 해상 발사형 미사일에 비해 기술의 차이가 극명했다.

공대공미사일은 빠르게 날아가는 전투기에서 미사일을 발사해야만 했다.

그렇기에 이를 성공시키기 위해서는 보다 많은 조건을 충족시켜야 했다.

게다가 우리의 눈에 보이지 않는 공기층 때문에 생기는 압력으로 인해 뜻하지 않은 사고가 발생할 수 있었다.

이런 공기의 저항을 극복하고 미사일이 전투기에 부

딪히지 않게 목표를 향해 날아가도록 하는 것은 생각보다 쉽지 않았다.

하지만 수호는 이미 이러한 기술들을 확보하고 있었다.

주상욱을 잡기 위해 중국에 갔을 때, 우연히 습득한 USB 속에서 전투기에 관한 설계도는 물론이고, 각 나라의 최신형 미사일에 관한 정보도 들어 있었기 때문이다.

최종적으로 KFA—01이 사용할 미사일은 전투기의 양산이 이루어지기 전까지 개발이 완료될 것으로 보였다.

"호오, 한국이 전투기에 사용할 무기도 개발하는 중인가?"

만세르 왕자는 전투기에 사용할 미사일을 개발하고 있다는 이야기를 듣고 놀라워하였다.

대한민국은 방위 산업계의 떠오르는 강국이다.

K—2 흑표라는 세계 최강의 전차 중 하나를 개발한 것은 물론이고, 많은 나라에서 구매한 자주포, K—9 썬더를 개발했다.

그리고 한국은 이런 지상 무기만 개발한 것이 아니다.

세계에서 다섯 손가락 안에 꼽는 전투함인 이지스를

건조하였다.

뿐만 아니라 독일에서 들여온 209급 잠수함을 개량하여 수출까지 하는 나라였다.

외국의 선진 기술을 받아들이기만 하던 것에서 벗어나 개량, 발전시켜 독자적인 무기와 전투 체계까지 만들어 냈다.

다만, 전투기와 같은 비행체에 대한 기술은 국가 전략 차원에서 다루어지는 기술이다 보니 전수를 해 주는 나라가 거의 없었다.

하지만 한국인들은 이에 그치지 않고 연구와 노력을 멈추지 않았다.

그리고 그 결실은 KF—21에서 완성되었다.

"한국인은 절대로 현재에 멈추지 않습니다. 70여 년 전, 전쟁의 폐허에서부터 여기까지 만들어 낸 저력이 있는 사람들입니다."

이야기를 하면서 수호는 자신이 한국인이란 것에 대해 자부심을 느꼈다.

언제나 고난을 겪으면서도 한국인들은 절대 포기하지 않았다.

뿐만 아니라 그런 어려움 속에서도 한국인들은 모두가 합심하여 이를 극복해 냈다.

먼 옛날까지 갈 것도 없이 1997년 외환 위기가 닥쳤을 때, 국민들은 집안에 있던 금붙이들을 가져와 모금을 하였다.

물론 이때 사리사욕을 채운 일부 비도덕적인 이도 분명 있었다.

하지만 대다수 국민들은 자신의 어려움도 잊고 나라의 어려움을 극복하고자 금모으기에 참여했다.

이런 국민성이 있기에 대한민국은 어려운 IMF의 경제 조치를 금방 극복하고 지금의 선진국 대열에 끼어들수 있었다.

비슷한 시기에 외환 위기를 맞은 나라들은 아직도 그때의 어려움을 극복하지 못하고 힘겨운 시기를 겪고 있는 것과는 반대되는 모습이었다.

수호가 이렇게 한국인의 저력에 대해 자부심을 느끼고 있을 때, 이를 옆에서 듣고 있던 만세르는 놀란 표정으로 수호를 돌아보았다.

'확실히 한국인들은 놀라운 민족이야!'

한편, 만세르 왕자와 수호가 대화를 하고 있던 찰나에 그와 조금 떨어진 곳에서 두 사람의 대화를 듣고 있던 사람이 있었다.

그 사람들은 미 군수 지원부 대령인 존 슐츠와 주한미군 제51전투비행단 단장인 월버 베티스 대령이었다.

이 중 현역 공군 대령인 월버 베티스의 관심은 어느

누구보다 더 컸다.

그도 그럴 것이, 그는 대한민국에 파견된 미 공군의 대표였기 때문이다.

현재 미국은 매우 강력하지만 너무도 유지비가 많이 드는, 가동률이 좋지 못한 스텔스 전투기에 대해 고심을 하고 있다.

수십억 달러를 투입해 개발한 수억 달러짜리 최신형 전투기를 운용비 때문에 가동을 제대로 하지 못하고 있는 것은 참으로 아이러니한 문제였다.

하지만 수천 대의 전투기를 운용하고 있는 미국의 입장에선 그리 간단한 문제가 아니었다.

일반 4세대 전투기의 경우에는 한 번 훈련하는 데 들어가는 비용이 수천 달러에 지나지 않는다.

하지만 F—22나 F—35로 대변되는 5세대 스텔스 전투기의 경우, 한 번 훈련을 하는 데 들어가는 비용이 그 열 배 이상 들어간다.

즉, 5세대 스텔스 전투기를 한 대 운용하는 비용으로 4세대 전투기를 최소 열 대 운용할 수 있다는 이야기였다.

그렇기 때문에 아무리 세계 최강이라 불리는 미국이라 할지라도 이를 쉽게 생각하지는 못했다.

5세대 스텔스 전투기의 운용 유지비가 오죽 비싸면

공군 사령관이 고급차의 대명사인 페라리에 비유를 하며, 출퇴근(훈련)때는 굳이 비싼 페라리가 필요하지 않다고 했겠는가.

게다가 그런 언급 뒤에 4세대보다는 발전했지만, 운용 유지비는 적은 새로운 전투기를 개발할 것이라고 얘기하겠는가.

하지만 미국이라고 새로운 전투기를 개발하기 위해 무한정 예산을 쓸 수는 없었다.

때문에 여러 가지 대안을 찾으며 고심했다.

그렇기에 3D 프린팅 기술을 이용하여 언제, 어느 때나 부품 수급이 가능한 전투기를 개발하려는 방법을 모색하고 있는 중이었다.

이렇게 자신들이 새로운 기술을 연구하는 방법을 찾고 있는 중에 동맹국 중 하나인 한국에서 이런 전투기가 나와 버렸다.

그러니 현역 공군의 전투비행단 단장인 그가 관심을 가지지 않을 수가 없는 것이다.

'뭐? 내년에 양산에 들어간다고? 홀리 쉿!'

SH항공의 사장인 정수호와 UAE의 국방 장관이자 억만장자인 만세르 왕자의 대화를 듣고 있던 윌버 베티스는 속으로 소리쳤다.

도저히 믿을 수 없는 이야기를 너무나도 쉽게 하고

있었기 때문이다.

개발에서 양산까지 겨우 2년밖에 걸리지 않는다는 이야기가 그로서는 믿기 힘들었다.

하지만 조금 전 SH항공에서 출고한 KFA—01의 시범 비행은 무척이나 인상적이었다.

공군 전투비행단의 단장이며 종종 실제 전투기에 탑승해 훈련을 하고 있는 그가 보기에도 KFA—01의 성능은 무척이나 우수했다.

더욱이 KFA—01은 그 이름에서도 알 수 있듯 전투기로서는 물론이고, 공격기로도 완벽한 무장 능력을 보여주고 있었다.

KFA—01이 보유한 14톤의 무장 능력은 F—16과 맞먹는 수치였다.

뿐만 아니라 KFA—01의 하드 포인트는 무려 열한 개나 되었다.

로우급 전투기라고는 믿기 어려울 정도로 많은 하드 포인트였다.

미공군이 운용하는 F—16 전투기보다 한 단계 아래의 전투기이지만, 무장 능력만큼은 F—16과 동급이었다.

또한 최고 속도는 F—16이 좀 더 빠른 것으로 나와 있었지만, 솔직히 이건 성능에서 그리 큰 차이라 볼 수 없었다.

마하 2.0이나 마하 1.8이나 별 차이가 없었기 때문이다.

그에 반해 항속거리나 무장 능력을 보면 거의 비슷한 수준이나 다름없었다.

게다가 크기는 작고, 또 부분적으로 스텔스 설계를 하여 레이더 반사 면적이 적었다.

이는 적에게 보다 안전하다는 것이었다.

그리고 레이더는 F—16의 AN/APG—80(V)AESA레이더 보다 비슷하거나 더 좋아 보였다.

이렇게 제원만 놓고 보면 찰스 브라운 대장이 기자회견에서 꺼낸 이야기에 가장 근접한 전투기가 아닐 수 없었다.

비록 크기는 작았지만, 결코 그 성능을 무시할 수는 없었다.

무장 능력이나 작전 거리 등을 감안한다면, 노후화된 F—16을 대체할 수 있는 전투기로 보였다.

무엇보다도 전투기의 가격이 너무 저렴했다.

현재 미국 내에서는 운용 유지비가 감당할 수 없을 정도로 많이 들어가는 5세대 스텔스 전투기의 대안으로 빅윙의 F—15EX가 거론되고 있다.

하지만 F—15EX의 가격은 결코 싸지 않다.

더욱이 운용 유지비 또한 스텔스 전투기에 비교하자면 저렴하다고 할 수 있었지만, 결코 싸다고는 볼 수 없었다.

사실 강력한 전투기인 F—15가 있으면서도 미국이 자매기로 F—16을 개발한 이유는 F—15의 높은 가격 때문이었다.

이런 상황에서 모든 전투기를 F—15EX로 대체한다는 것은 언어도단이었다.

그러던 차에 한국에서 F—16의 개량형인 F—16V보다 싼 전투기가 나왔다.

성능은 F—16보다 나쁘지 않았다.

아니, 오히려 약간 더 나아 보였다.

가격은 30% 정도 싼데 비해 성능이 비슷하다면, 비록 미국에서 생산된 물건은 아니지만 도입을 검토해 볼 필요가 있었다.

"존, 넌 어떻게 생각해?"

비록 자신과 같은 공군은 아니지만, 군수 지원부 소속인 존 슐츠에게 생각을 물었다.

"그런 너는 어떻게 생각하는데? 현역으로서 네 생각을 말해 봐."

존 슐츠는 친구인 월버의 물음에 답하지 않고 현역 전투비행단장인 그에게 도리어 물어보았다.

솔직히 존 슐츠는 지금 자신이 어떤 포지션을 잡아야 할지 갈피를 잡을 수가 없었다.

어떻게 보면 한국이 이런 강력한 전투기를 하나도 아니고 둘이나 가지게 된 것에 대해 어느 정도 책임을 느끼고 있었기 때문이다.

'만일 구형 전투기 엔진을 한국에 넘기지 않았다면 이들이 이렇게 강력한 전투기를 개발할 수 있었을까?'라는 생각을 떨칠 수가 없었다.

구형 엔진이 어느 정도 도움이 된 것은 맞지만, 그리 큰 도움은 아니었다.

그 이유는 수호가 중국에서 습득한 USB에 전투기 설계도나 미사일의 설계도뿐만 아니라 미국이 개발한 신형 F414 엔진은 물론이고, 러시아의 Su—27 플랭커에 들어가는 Saturn AL—31F 엔진의 설계도까지 들어 있었다.

게다가 이를 불법 카피해 만든 WS—10 엔진 뿐만 아니라, WS—15 엔진의 설계도까지 있기에 새로운 전투기의 엔진 개발에 난항을 겪지 않을 수 있었다.

***

중국에서 얻은 USB로 인해 얻은 연구 자료는 그렇지

않아도 관련 분야를 연구하고 있던 슬레인에게 피가 되고 살이 되는 것들이었다.

이런 것들을 바탕으로 슬레인은 바로 결과물을 만들어 냈다.

슬레인이 만들어 낸 결과물 1호가 바로 SH항공의 시제기인 KFA—01 편전인 것이다.

그리고 2호와 3호 또한 다른 곳에서 만들어지고 있었다.

존 슐츠는 면담을 요청하고 그의 동료인 윌버 베티스과 함께 수호를 찾아왔다.

"미스터 정, 축하드립니다."

"하하, 감사합니다."

시제기 출고식 전에 이미 인사를 나눴지만, 존 슐츠와 윌버 베티스 대령은 다시 한번 인사와 함께 축하를 전했다.

하지만 처음 출고식 전에 나눈 인사와 지금의 축하 인사는 그 의미가 달랐다.

처음 만났을 때야 회사에서 시제기를 성공적으로 개발한 것에 대한 축하였다면, 지금의 의미는 조금 전 이루어진 계약 성공에 대한 축하 인사였다.

이벤트성 시범 비행을 성공적으로 마치고 난 뒤, 약속대로 UEA에서 100대 선주문이 들어왔다.

그렇게 만세르 왕자가 있는 UAE가 무려 100대의 KFA—01을 구매 주문을 하자, 쿠웨이트도 16대, 이라크가 8대, 이집트 24대 등 중동 국가들에게서만 무려 200대 가까이 구매 주문이 들어왔다.

이는 자국 공군이 주문하지 않은 전투기로는 해외 판매 최초의 기록이라 할 수 있었다.

또한 국제 무기 박람회나 에어쇼에 출품을 하지 않은 상태였고, 그것도 시제기 출고식 당일에 맺은 구매 계약으로는 최대 규모였다.

그러니 존 슐츠 대령이나 월버 베티스 대령이 이렇게 축하를 해 주는 것이었다.

"그런데 무슨 일로 면담을 요청하신 겁니까?"

축하 인사는 인사였고, 지상 무기 담당인 존 슐츠가 자신의 동료와 함께 찾아와 면담을 요청한 것에 의아한 생각이 든 수호는 이유를 물었다.

그런 수호의 직접적인 질문에 존 슐츠 대령이 대답을 하기보단 자신의 담당이라 판단이 된 월버 베티스 대령이 입을 열었다.

"존보다는 제가 대답하는 게 좋겠군요. 이건 제 영역이니까요."

월버 베티스 대령은 진중한 표정으로 제51전투비행단 단장으로서가 아닌, 미 공군의 대변인으로서 이야기를 꺼냈다.

수호에게 면담 요청을 하기 전, 월버 베티스 대령은 KFA—01의 비행 퍼포먼스를 보고 바로 찰스 브라운 대장에게 전화를 걸었다.

공군 사령관에서 합참의장으로 영전한 찰스 브라운 대장은 예전 자신이 기자회견에서 꺼낸 말로 인해 곤욕을 치르고 있었다.

그가 비판한 5세대 스텔스 전투기를 개발한 록히드사와 그들의 로비를 받은 의원들, 그리고 그 의원들의 지지자들에게 시달렸기 때문이다.

하지만 그는 자신이 발표한 내용 중 틀린 것은 없다고 생각했다.

오히려 다들 5세대 스텔스 전투기의 허상에서 벗어나야 한다는 소신을 가지고 있었다.

그는 세계 최강의 미 공군의 사령관으로서 스텔스 전투기의 막강한 전투력을 의심하지는 않았다.

그렇지만 전투기라는 것은 한 번 출격할 때마다 부속들이 마모되고 동체 표면에 칠해진 페인트가 벗겨진다.

일반 전투기라면 벗겨진 페인트를 새로 칠하기만 하면 된다.

하지만 스텔스 전투기는 그렇게 간단히 해결할 수 있는 것이 아니었다.

스텔스 전투기는 레이더에 쉽게 포착이 되지 않기 위해 그 형상부터 특수하게 설계한다.

그리고 그렇게 만들어진 형상에 레이더 전파를 흡수하는 특수 도료를 칠한다.

형상에서 레이더 파를 난반사하고 특수 페인트로 반사하는 레이더의 일부를 흡수하며, 비행기에 부딪혀 레이더로 돌아가는 레이더 파를 줄임으로써 스텔스 성능을 극대화하는 것이 미국이 추구하는 스텔스 전투기의 핵심이다.

그러다 보니 이 특수 페인트는 결코 싸지 않다.

스텔스 전투기의 성능을 높이기 위해 미국은 생산된 특수 페인트 중 가장 좋은 것을 사용했다.

때문에 이에 지불하고 있는 금액은 최고가라 할 수 있었다.

그래서 미국이 운용중인 스텔스 전투기의 운용 유지비가 일반 전투기에 비해 열 배 가까이나 비싸게 들어가는 것이고, 그러다 보니 천조국이라 불리는 미국의 군대도 5세대 스텔스 전투기를 그리 쉽게 가동할 수 없는 것이다.

그럼에도 일부 광신도와 같은 스텔스 만능론자들은 그것에 들어가는 예산은 생각지 않고 고집을 부리고 있었다.

하지만 미국은 이미 제공권을 장악하고 있기에 굳이 스텔스 전투기가 아닌, 기존의 4세대 전투기만으로도 세계의 분쟁에서 우위를 점하기에 충분했다.

그리고 노후화된 전투기들을 대체하기 위해 비싼 유지비가 들어가는 스텔스 전투기를 무리하게 고집할 필요도 없었다.

다만, 자신이 주장한 대로 4세대 이상, 5세대 미만의 전투기를 새로 설계하기 위해선 상당 기간이 필요하다는 것이 약점으로 다가와 찰스 브라운 대장을 궁지에 몰고 있었다.

그러던 차에 한국에 주둔하고 있는 제51전투비행단 단장인 윌버 베티스 대령에게서 연락이 온 것이다.

그가 생각하고 있는 4세대 이상, 5세대 미만의 가성비가 높은 4.5세대 전투기가 동맹국인 한국에서 개발되었다는 것이다.

처음 전화를 받았을 때, 찰스 브라운 대장은 KAI에서 개발한 KF—21 보라매를 떠올렸다.

기체 가격이 예상한 정도로 7,500만 달러라면, 로우급(미국기준) 전투기치고는 나쁘지 않았다.

자국 내의 로우급 전투기들 중 최신 개량형을 내놓은 F—16V 바이퍼보다 싸면서 성능은 비슷하거나 우위에 있는 정도였다.

하지만 이야기를 나누며 자신의 생각이 틀렸다는 것을 깨달았다.

KF—21이 아닌 새로운 종류의 전투기가 개발이 되었고, KF—21보다 한 단계 낮은 소형 기체이면서 성능은 더 뛰어나다는 것이다.

게다가 그렇게나 작은 전투기이면서도 한 체급 높은 F—16과 동일한 무장 탑재 능력을 가지고 있었다.

그리고 더욱 그를 놀라게 한 것은 이륙거리였다.

프로펠러기가 아닌 제트 엔진을 가진 전투기의 경우 최소 500~600m의 활주로가 필요하다.

이 거리가 짧을수록 스크램블(비상 출격)시 신속하게 대응을 할 수 있다.

그런데 한국의 새로운 전투기가 $\frac{1}{3}$ 수준의 200m 이륙거리를 가졌다는 소리를 믿을 수가 없었다.

14 톤이란 엄청난 무장을 가지고 200m를 활주하다가 이륙을 한다는 소리는 '헐리웃에서 만든 영화 이야기가 아닌가?' 하는 착각을 할 정도였다.

이런 이야기를 듣고 찰스 브라운 대장이 한 것은 다른 것이 아니었다.

공군에서 긴급 예산을 편성할 테니 시험기를 구매하라는 것이었다.

자신의 발언을 입증시켜 줄 수 있는 물건을 드디어

발견했다.

그러니 찰스 브라운 대장은 현재 자신이 처한 어려움을 극복할 수 있는 것을 놓치고 싶지 않았다.

그렇게 찰스 브라운 대장의 허가가 떨어지자, 윌버 베티스 대령은 수호와 안면이 있는 존 슐츠 대령을 앞세워 그를 찾았다.

평범하게 KFA—01을 계약하려 한다면 얼마나 더 기다려야 할지 모르기 때문이다.

SH항공은 이번 출고식에서 한 번에 무려 200기에 달하는 납품 주문을 받았다.

가장 먼저 나선 것은 처음 이야기한 UAE로 만세르 왕자는 계약한 그 자리에서 계약금의 10%를 수표로 결제해 버려 장내에 있던 사람들을 놀라게 만들었다.

그런 광경을 본 윌버 베티스 대령은 아직 예산이 확보되지 않았기에 바로 나서기가 꺼려졌다.

때문에 오늘 처음 본 자신보다는 다른 회사에서 구매 계약을 하며 안면을 튼 존 슐츠 대령을 먼저 내세우는 것이 좋을 것 같다고 생각했다.

"우리 미 공군도 귀사의 전투기 구매를 위해 우선 시제기 네 기를 구매하고 싶습니다."

윌버 대령은 조금은 굳은 표정으로 어렵게 말을 꺼냈다.

다른 나라들은 한 개 전투단 내지는 그 절반 정도로 전투기 구매 계약을 했는데, 다른 곳도 아니고 최강의 공군 전력을 가진 미 공군에서 겨우 네 기를 계약하려는 것이니, 이야기를 꺼내기 쉽지 않았다.

하지만 SH항공의 입장에서는 미국의 이러한 구매 의사가 결코 나쁘지는 않았다.

그도 그럴 것이, 비록 네 기에 불과하지만, 세계 최강인 미 공군에서 자국의 전투기가 아닌 다른 나라의 전투기를 구매하려는 것이다.

지금까지 미국이 다른 나라에서 전투기를 구매한 것은 영국의 해리어 전투기가 유일했다.

다만, 그것은 미 공군이 사용하기 위함이 아니라 미 해병대가 사용하기 위해 구매한 기체였다.

그동안 미 공군은 자국산 전투기만 사용해 왔다.

그런데 그런 미 공군에서 노후화된 4세대 전투기를 대체하기 위해 동맹국인 한국의 전투기를 구매하는 것이다.

이런 사실을 다른 나라에서 어떻게 보겠는가.

모르긴 몰라도 신형 전투기 구매를 생각하고 있는 나라들은 많은 관심을 보일 것이다.

그러고는 KFA—01이 작지만 강하고, 또 놀라운 성능을 가졌으면서도 가격이 싸다는 것을 알게 되면 바로 구매할 것이다.

[마스터, 좋은 기회입니다.]

슬레인도 이를 느끼고 바로 텔레파시로 얘기했다.

비록 네 기에 불과했지만, SH항공이나 수호에게 나쁘지 않은 거래였다.

하지만 수호는 나쁘지 않은 계약이라도 바로 수긍하고 이들이 원하는 대로 계약해 줄 생각이 없었다.

그는 하나라도 더 많은 이득을 취하기 위해 조건을 걸기로 하였다.

'음…….'

이미 한 차례 수호와 거래를 하면서 손해를 본 기억이 있는 존 슐츠는 자신을 뒤로하고 그와 협상을 하는 친구를 보며 속으로 신음을 흘렸다.

그리고 아니나 다를까, 수호가 내건 조건을 보며 나직한 신음이 밖으로 흘러나왔다.

"그럼 계약하는 조건으로 KFA—01에 들어가는 무장 통합 비용을 그쪽에서 내는 것으로 했으면 합니다."

전투기에 사용하는 미사일이나 지상 타격 무기를 사용하기 위해서는 전투기 임무 컴퓨터와 미사일이나 무장에 대한 프로그램의 통합 작업이 필요했다.

그런데 미국은 이런 프로그램 통합 작업에 들어가는 비용을 해당 국가에게 청구했다.

미국산 전투기에 개발한 미사일을 달기 위해서는 그 미사일에 들어가는 소스 코드를 공개해야 했으며, 미국산 미사일을 통합하는 데에는 사용 비용 명목으로 프로그램 통합 비용을 요구했다.

이래저래 미국은 돈을 요구한 것이다.

하지만 수호는 그와 반대로 자신의 전투기를 사기 위해서 사용할 미사일에 대한 소스 코드를 공짜로 달라는 요구를 했다.

전투기를 사용하는 미 공군이 미사일을 공급하는 회사에 비용을 처리하라는 식으로 말이다.

즉, 본인들이 사용할 미사일이니 본인들이 알아서 비용을 대라는 것이었다.

이미 KF—21이 무장 통합을 하기 위해 어떤 일을 겪었는지 알고 있기에 이번 기회에 미국에게 그 반대로 배짱을 부린 것이다.

솔직히 수호의 입장에선 굳이 미국산 미사일에 대한 소스 코드가 없다고 해서 KFA—01의 무장을 달 수 없는 것은 아니었다.

미국이 거부하면 유럽산 무기를 장착하면 되고, 그동안 자신이 전투기용 무기를 개발하면 되었다.

그러니 이렇게 배짱을 부릴 수도 있는 것이다.

너무도 자연스러운 수호의 표정에 존 슐츠나 윌버 베

티스 대령은 잠시 고민을 하지 않을 수 없었다.

전투기 구매야 이미 허락을 맡은 일이기에 결정이 쉽지만, 무장 통합 비용은 별개의 문제였다.

그것은 엄연히 미국의 기업이 가져가야 할 몫이기 때문이다.

하지만 결정은 의외로 빨랐다.

그도 그럴 것이, SH항공에서 개발한 KFA—01의 가격이 저렴해도 너무 저렴했기 때문이다.

카탈로그 데이터상 KFA—01의 능력은 미국 기준 로우급 전투기 중에서 최상급이었다.

성능에 비해 가격이 너무도 저렴했기에 이 부분을 공략한다면, 의회에서 쉽게 예산을 확보할 수 있을 것 같았다.

그렇지 않아도 날로 늘어나는 운용 유지비 때문에 전력을 감축하고 있는데, 만약 한국의 KFA—01을 도입하게 된다면 굳이 전력을 줄이지 않고도 감축된 예산 안에서 충분히 운용 가능했다.

"좋습니다. 대신 우리도 조건이 있습니다."

수호가 전투기 납품에 대한 조건을 걸자 월버 대령 또한 무장 통합에 대해 자신들도 조건을 걸겠다고 하였다.

"음, 어떤 겁니까?"

수호는 미국이 어떤 조건을 걸지 짐작할 수 있었다.

아마 다른 어느 나라보다 먼저 KFA—01을 받아 보는 것일 것이다.

그리고 그런 수호의 예상은 맞았다.

"다른 나라보다 먼저 계약한 전투기를 받아 보고 싶습니다."

예상에 들어 있던 답이긴 했지만, 이를 쉽게 허락을 수는 없었다.

그도 그럴 것이, 이것은 상도덕의 문제였기 때문이다.

하지만 그것도 국제 역학 관계상 UAE도 이해하고 넘어갈 공산이 컸다.

다른 어느 나라도 아닌 미국이었다.

UAE의 입장에선 자국의 안전을 위해 미국과 대립을 하지 않을 것이다.

그렇기 때문에 미국산 스텔스 전투기 구매를 타진했고, 이에 대해 미국이 그보다 몇 단계 낮은 F—16V를 제시했어도 아무런 말없이 받아들였다.

그러니 이번에도 자신들보다 먼저 한국에서 전투기를 받게 되더라도 어떤 말이 나오진 않을 것이다.

그리고 만세르 왕자에게는 1년 뒤에 양산기를 받아 볼 수 있다고 했으니, 어떻게 보면 걸릴 것이 없는 문제이기도 했다.

"좋습니다. 대신 미국이 시험한 데이터는 저희와 공유해 줘야 합니다."

수호는 미국의 조건을 받아들이는 대신, KFA—01을 가지고 미국이 시험하는 모든 데이터를 공유할 것을 주장했다.

이는 미국이 KAI와 협력해 T—50훈련기를 개발할 때 작성한 계약의 내용과 같았다.

KAI가 록히드사의 제작 기술을 이전 받아 훈련기인 T—50을 개발한 뒤, 그리고 그것을 바탕으로 경공격기인 FA—50을 개발했을 때도 미국은 모든 정보를 가져갔다.

혹시나 한국이 어떤 신기술을 개발한다면, 그것을 가져다 사용하기 위한 목적으로 그런 계약 조건을 계약서에 삽입한 것이다.

수호도 동일한 목적으로 미국이 가져갈 KFA—01에 대해 이런 조항을 삽입했다.

만일 미국에서 신형 전투기 개발에 대한 새로운 기술이 생긴다면 그것을 쉽게 확보할 수 있게 된 것이다.

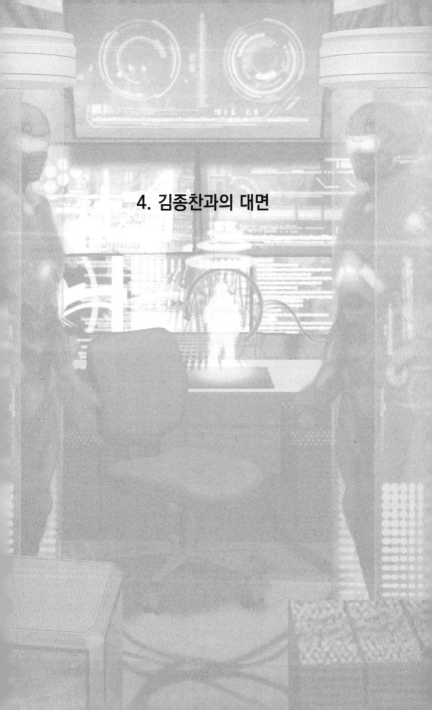

4. 김종찬과의 대면

미디어월드.

조선의 비밀 병기 '편전' 세계의 하늘을 덮다.

20XX—07—07 06:00:00

20XX년 07월 06일 SH항공에서 자체 개발한 KFA—01 전투기의
시제기 출고식을 했다.
이는 KAI에서 KF—21 보라매의 출고식을 한 지 불과 두 달 만에 이
루어진 쾌거라 할 수 있다.

그런데 여기서 우리가 특히 주목해야 할 점은 KAI의 KF—21은 오래전부터 대한민국 정부와 KAI가 사업성 타당성을 검토하고, 인도네시아의 개발비 분담 등 개발비로 8조 8,000억 원이 투입되었다는 것이다.

그에 반해 SH항공의 KFA—01 편전은 국가의 지원을 일절 받지 않고 자체 개발만으로 약 1년 8개월 만에 개발되어 그 시제기를 완성한 것이다.

이는 개발에 6년이라는 기간이 소요된 KF—21 보라매와 비교해 본다면, KFA—01 편전이 얼마나 단시간에 개발이 된 것인지 알 수가 있다. 게다가 출고식에서 선보인……

…사우디아라비아, UAE, 이집트, 쿠웨이트 등 중동 국가는 물론이고, 록히드, 빅윙, 맥도웰더그러스 등 다양한 전투기 제조사를 가지고 있는 미국에서도 계약했다고 한다.

물론 사우디아라비아나 UAE처럼 다수의 전투기를 구매한 것은 아니지만 네 기+@의 계약을 한 것으로 전해진다.

(하략)

＊＊＊

SH항공의 KFA—01 시제기 출고식이 끝난 뒤 언론은 급히 소식을 퍼트렸다.

국내 최고의 전투기 생산업체인 KAI에서 KF—21을 개발하고 얼마 되지 않아 이름도 알려지지 않은 SH항공에서 새로운 전투기를 출고한 것이다.

그것도 정부나 어떤 나라의 도움도 받지 않고 자체 개발한 기술만으로 4.5세대 전투기를 생산했다.

비록 KF—21처럼 엔진이 두 개인 쌍발 엔진도 아니었고, 또 크기가 작은 로우급 전투기에 불과했지만, 그 성능은 오히려 우수했다.

그러다 보니 KF—21이 개발되던 당시에 이를 안 좋게 보던 이들에게서 다시 한번 부정적인 여론이 나오기 시작하였다.

뿐만 아니라 이런 부정적 여론은 비단 KF—21에만 국한된 것이 아닌, KFA—01에 대해서도 같이 일어났다.

그도 그럴 것이, 좁은 한반도에 굳이 전투기를 생산하는 업체가 두 곳이나 있을 필요가 있냐는 것이다.

하지만 이는 억지 주장에 불과했다.

우수한 전투기를 개발하고 또 생산할 능력이 있는 회사라면, 나라의 크기가 중요한 것이 아니었다.

오히려 그런 회사가 많으면 많을수록 국가의 이익에 부합된다.

하지만 잘못된 신념을 가졌거나 사람들을 선동해 자

신의 이득을 얻으려는 부류는 어디에나 있었다.

이들은 공공의 이익을 외면하고, 언론을 호도했다.

물론 그렇다고 모든 국민이 그런 왜곡된 언론의 말을 믿는 것은 아니었다.

예전 군부독재 시절과는 다르게 21세기에는 다양한 매체를 통해 정보가 전파된다.

그리고 국민은 이러한 다양한 매체를 통해 정보를 얻는다.

그렇기에 예전처럼 선동에 쉽게 놀아나지 않는다.

더욱이 SH항공의 경우, 정부의 지원을 일절 받지 않고 회사가 보유한 자금만을 가지고 개발하였다.

뿐만 아니라 자체 로비로 외국에 수출 계약을 따냈다.

이는 KF—21과는 상당히 대조적인 모습이었다.

KF—21 보라매는 개발하며 정부의 지원을 받은 것은 물론이고, 인도네시아에서 50기를 생산하는 조건으로 분담금을 일부 받기까지 했다.

이런 상황에서 KFA—01의 판매 가격이 공개되자, 모두들 놀랄 수밖에 없었다.

KFA—01이 비록 단발 엔진의 로우급 전투기라 해도 최신 항공 기술이 들어간 전투기다.

하지만 판매 가격은 5,500만 달러에 불과했다.

전투기는 무척이나 고가의 제품이다.

5,500만 달러는 한화로 600억 원에 근접한 가격이다.

그렇지만 KFA—01의 성능을 보면 이는 그리 비싼 가격이 아니었다.

동급의 스웨덴 전투기인 JSA—39 그리펜은 7,000만 달러다.

이와 비교한다면 1,500만 달러나 저렴한 것이다.

그런데 성능은 그리펜을 뛰어넘을 뿐만 아니라 그보다 위의 등급인 F—16이나 F/A—18E 슈퍼 호넷과 비슷하거나 우수했다.

더욱 중요한 사항은 이렇게 우수한 전투기임에도 KFA—01의 운용 유지비가 JSA—39 그리펜보다 저렴하다는 것이다.

이는 3D 프린팅 기술을 접목했기에 나타나는 현상이었다.

기존의 전투기들은 운용을 위해 부속을 많이 만들어 놓아야 했지만, KFA—01은 필요한 부품을 3D 프린터로 만들어 갈아 끼우면 되기 때문이다.

이러한 장점을 높게 본 세계 각국에서는 SH항공이 개발한 KFA—01 편전을 구매하기 위해 경쟁했고, 공군의 주문을 받기도 전에 주문이 밀려 들어왔다.

특히나 UAE의 경우 가장 많은 전투기를 주문하면서 그 자리에서 10%의 계약금을 납부했다.

뿐만 아니라 미국은 무장 통합은 물론이고, 성능 테스트를 하며 얻은 데이터를 SH항공과 공유를 한다는 조건으로 가장 먼저 네 기의 시제기를 받기로 했다.

대한민국 국민들은 이런 뉴스를 접하고 깜짝 놀랐다.

미국이 어떤 나라인가.

나이가 많은 어르신들은 어려울 때 도움을 준 고마운 나라라 생각하지만, 어느 정도 객관적으로 세상을 보는 사람들에겐 미국은 깡패의 나라였다.

자신들의 이익을 위해서는 전쟁도 불사하는 나라.

세계 곳곳에 분쟁을 만들어 무기를 팔아먹는 나라가 바로 미국이었다.

이는 미국이 세계를 상대로도 전쟁을 벌일 수 있는 막강한 군사력을 가지고 있기에 가능한 것이었다.

겉으로는 분쟁이 발생한 지역의 안정과 사람들의 안전을 위해서라 말하지만, 실상을 들여다보면 그렇지 않음을 알 수 있었다.

세계에서 분쟁이 일어나는 곳은 무척이나 많았다.

분명 미군이 나서서 분쟁을 막아야 도움이 되는 곳도 있지만, 굳이 개입하지 않아도 되는 곳도 있었다.

하지만 미국은 도의적인 것보다 자신들에게 이득이

되는 곳에만 미군을 투입했다.

그걸 가장 잘 보여 주는 예가 바로 터키의 쿠르드족 학살이다.

미국은 이슬람 테러 조직인 IS와 전쟁을 벌일 때, 쿠르드족의 독립을 지지하겠다는 약속을 담보로 이들을 IS와의 전쟁에 투입했다.

그렇지만 IS의 광풍이 어느 정도 해결되자, 언제 그랬냐는 듯 터키에서 미군을 철수시켰다.

쿠르드족의 분리 독립을 인정하지 않던 터키 정부는 바로 쿠르드족 탄압에 들어갔다.

그렇게 얼마 전까지만 해도 IS를 상대로 함께 전투를 벌이던 터키는 쿠르드족을 학살했다.

게다가 자국 내 분리 독립을 요구하는 자들뿐만 아니라 인접국인 시리아의 난민까지 학살을 함으로써 국제적인 비난을 받았다.

하지만 이는 예견된 일이었다.

쿠르드족은 미국이 IS를 상대로 함께 전쟁에 연합하자고 했을 때, 이러한 상황을 예측했다.

때문에 협상에서 미국이 주도해 자신들의 분리 독립을 지원할 것이라 약속했고, 미군도 이에 동의했다.

하지만 미국은 약속을 지키지 않았고, 터키에선 학살이 일어났다.

이런 것만 봐도 미국이 얼마나 이기적인 나라인지 알 수 있었다.

물론 미국보다 더 막 나가는 깡패 국가는 지구상에 많다.

특히나 한국을 둘러싼 국가들은 하나같이 상식이 통하지 않는 나라들이다.

예를 들자면 일본이 있었다.

그들은 제2차 세계대전을 일으키고, 반인륜적인 범죄를 저질렀으면서도 자신들의 잘못을 반성하지 않았다.

오히려 원자폭탄으로 죽은 수많은 일반인을 내세우며 피해자 코스프레를 했다.

뿐만 아니라 전쟁을 일으킨 범죄자들을 마치 나라를 위해 희생한 애국자인 것마냥 신사에 기리며 추모를 하고 있다.

이에 주변의 전쟁 피해국에서 항의를 해도 일본인들은 들은 척도 하지 않고 있었다.

옆 나라인 중국 또한 마찬가지였다.

그들은 스스로를 대국이라 부르기 시작했다.

땅의 크기도 컸고, 인구도 가장 많았으며, 얼마 전부터 급격한 경제 성장을 이룩하며 자만심이 생겼기 때문이다.

그러고는 주변국들에게 마치 산업화 이전의 관계인

것마냥 행동했다.

오래전에 사라진 거대한 제국을 꿈꾸며 대한민국을 무시하는 것이다.

게다가 바로 위에 있는 북한도 문제였다.

동포이기도 하지만, 자신만의 왕국을 만들어 낸 그들.

관계에 대한 명확한 정답이 나오지 않는 감당하기 힘든 존재들이었다.

자유민주주의와 사회공산주의의 대립으로 보듬기도 힘들었고, 동포이기에 마냥 거부하기도 어려웠다.

그리고 그들은 항상 어디로 튈지 모르는 럭비공과 같았기에 어느 한 방향만을 고정하기도 힘들었다.

어제까지만 해도 하하, 호호 웃으며 헤어진 이들이 다음 날 기습적으로 핵실험을 하고, 또 미사일을 발사하는데, 이들을 어떻게 믿을 수 있겠는가.

이는 지금은 그런 대로 관계가 많이 개선된 러시아 또한 마찬가지였다.

옛 소련 시절의 강력함을 그리워하는 러시아 지도부는 간간이 대한민국의 영역 깊은 곳까지 군용기를 날려 긴장감을 고취시키곤 했다.

그렇기에 대한민국이 어떻게든 국방력을 강화해야만 하다는 의견에 이견을 내는 사람은 없었다.

***

경기도 가평의 조용한 가든, 평화로워 보이는 이곳에 무언가 긴장감이 고조되고 있다.

평소에 볼 일이 거의 없는 검은 양복과 선글라스를 쓰고, 귀에는 인이어를 끼고 있는 사람들이 주변을 경계하고 있었다.

주말 나들이를 나온 사람들은 그런 그들을 보고는 자연스레 그 자리를 피했다.

그리고 그런 그들의 가운데 수호와 심보성이 앉아 있었다.

"조금만 기다려 보게."

심보성은 가만히 있는 수호를 보며 말을 걸었다.

"전 괜찮으니 사장님이나 좀 침착하게 있으십시오."

심보성은 수호가 군에 있을 때, 그의 직속상관이었다.

하지만 지금은 필요에 의해 서로 협력하는 비즈니스 관계일 뿐이었다.

그런 심보성 사장이 무엇 때문인지 자신에게 은밀하게 누군가를 만나 달라는 부탁을 하였다.

물론 수호는 심보성이 누구를 만나 달라고 하는지 짐작하고 있었다.

'아마 장군회의 사람들 중 누군가를 내게 소개시켜

주려고 하는 거겠지. 그런데 누구이기에 이렇게 긴장하고 있는 걸까?'

정치인들이 자신들의 이익을 위해 사조직을 만든 대동회가 있듯, 군 장성 출신들이 모여 조직한 장군회 또한 대한민국 내에 암약을 하고 있음을 수호는 알고 있다.

하지만 대동회의 일부를 자신의 밑으로 끌어들인 것과는 다르게 장군회에게는 전혀 손을 쓰지 않고 있었다.

이는 두 조직이 서로 상반된 포지션을 취하고 있었기 때문이다.

해방 후, 일본은 한반도가 통일이 되는 것을 막으면서 자신들의 이익에 부합되도록 만들기 위해 오래전 심어 놓은 친일 세력들을 규합하여 조직을 만들었다.

대동회의 시초가 바로 그 조직이었다.

대동회란 명칭도 사실 일본의 대동아공영에서 따온 이름이다.

다만, 세월이 지나며 대동회에도 많은 회원들이 들어오고 나갔다.

기존의 회원들이 늙거나 병들어 사망하며 세대교체가 이루어질 수밖에 없었다.

그런 과정에서 골수 친일파는 줄어들고 그 자리에 자

신의 이득을 챙기는 기회주의자들이 들어섰다.

그러다 보니 그들은 때로는 친일을, 또 때로는 친미를 하며 재산을 불렸다.

이에 비해 장군회는 유신 정권의 독재 시대에 시작되었다.

월남전과 북한의 무장 공비 남파, 그리고 툭하면 미군 철수를 들먹이는 미국의 압박에서 자주국방을 천명한 박장희 대통령의 지시로 만들어진 특별한 조직이었다.

물론 겉으로는 군 출신 예비역들이 친목 모임으로 보였지만, 실상은 그렇지 않았다.

비록 현역에서 물러나 은퇴를 했어도 이들의 후배들은 고스란히 현역에 남아 있어 힘을 쓰고 있었기 때문이다.

대통령의 비호 아래 갖은 이권에 참여를 하며 세력을 불리던 장군회는 박 대통령이 뜻밖의 사고로 죽는 바람에 한때 위기를 겪기도 하고, 뒤이어 정권을 잡은 장두환으로 인해 위기에 처하기도 했다.

당시 쿠데타로 정권을 잡은 장두환과 그의 사조직인 하나회는 자신의 선배들인 장군회를 눈의 가시처럼 여겨 탄압하려고 했다.

하지만 장군회의 설립 목적의 정당성과 그동안 이룩

한 성과를 장두환에게 넘겨줌으로써 명맥을 이어 갈 수 있었다.

사실 장군회가 살아남을 수 있던 큰 이유는 어느 정도 하나회의 생각과 일맥상통하기 때문이었다.

그리고 장군회에 하나회가 일부 유입됐다는 것도 이유 중 하나였다.

자신들의 이득을 위해 조직의 힘을 동원하는 대동회와 다르게 장군회는 어디까지나 자주국방을 목적으로 미군의 영향력에서 벗어나려고 했기에, 사사로이 조직의 영향력을 행사하지 않았다.

때문에 수호는 굳이 장군회를 무리하게 자신의 밑에 두려고 하지 않고, 대동회의 일부만 금제를 통해 자신의 아래에 두었다.

이는 군인 출신들로 이루어진 장군회 회원들의 성향 때문이기도 했다.

이들은 자신의 영달을 위해 힘쓰는 정치군인과는 거리가 있는 진짜 군인들이다.

그렇기 때문에 자신이 신체에 금제를 한다고 해서 명령에 복종하지 않을 것임을 너무도 잘 알았다.

그래서 수호는 장군회를 연합할 수 있는 단체 정도로 규정했다.

그렇기에 심보성이 장군회 산하에서 활동하는 사람

임을 알게 되었어도 아무런 내색을 하지 않고 지금까지 관계를 유지한 것이다.

저벅저벅!

조용한 발자국 소리가 들리자, 수호는 자연스럽게 고개를 돌려 입구 쪽으로 시선을 돌렸다.

그러한 수호의 움직임에 함께 있던 심보성도 무언가를 느꼈는지 고개를 돌리다가 들어오는 사람의 정체를 깨닫고 얼른 자리에서 일어났다.

"오셨습니까?"

"그래, 내가 늦지는 않았지?"

가든 안으로 들어온 사람은 장군회의 고문인 김종찬 예비역 대장이었다.

장군회 내에서도 인망이 가장 두터운 원로였기에 심보성은 바른 자세로 인사를 하였다.

"아닙니다. 정확하십니다."

사실 김종찬과 심보성은 육사 기수로 따지면 까마득한 차이를 가지고 있었다.

그럼에도 다른 사람보다 만나는 일이 잦았다.

그도 그럴 것이, 김종찬이 바로 현 대한민국 특전사의 역사라 할 수 있는 사람이었기 때문이다.

그런 관계로 김종찬은 중장과 대장을 달면서 특전사에서 손을 놨으면서도 특전사의 행보에 관심을 보였으며, 예편을 한 뒤에도 꾸준히 관심을 가지고 지켜보았다.

그렇기에 심보성을 비롯한 대한민국 특전사 출신들은 하나 같이 김종찬을 어려워했다.

***

처음에는 같은 특전사 출신들로서 공통된 관심사나 근황에 대한 이야기가 주로 오고 갔다.

하지만 그것도 잠시였고, 김종찬 고문은 자신이 수호를 찾은 것에 대한 본격적인 이야기를 꺼냈다.

"현 정부가 진행하고 있는 전략은 솔직히 우리로선 어쩔 수 없는 선택이라고 생각하네. 하지만 통일을 위해선 그대로 답습할 수만은 없네."

대한민국이 현재 사용하고 있는 국방 전략은 일명 독침 전략이었다.

작지만 강력한 독을 가지고 있는 전갈처럼 어떤 거대하고 강대한 나라라 할지라도 상대도 죽을 각오가 되지 않으면 덤빌 수 없는 그런 존재가 되자는 취지다.

쉽게 말해 '덤비면 너 죽고 나 죽는 거다'라는 전략이다.

대한민국이 이런 전략을 취하고 있는 것은 단순히 위

에 있는 불량 국가 북한만을 상정하기 때문이 아니었다.

사실 북한과의 군사력 편차는 이미 1980년대 중후반으로 들어서면서 현격히 벌어졌다.

대한민국 국방부가 펼치는 독침 전략의 대상에서 어느 정도 벗어난 것이다.

독침 전략의 대상은 바로 북한 외 대한민국을 둘러싼 잠재적 적국들이었다.

그들은 중국공산당, 러시아, 그리고 비록 한미일 공조로 동맹은 아니지만 미국을 사이에 두고 있는 일본이었다.

그중 일본은 한국인들에게 있어선 일제강점기로부터 비롯된 뿌리 깊은 원한을 해소하지 못한 나라였다.

그리고 일본 또한 한국을 동등한 국가가 아니라, 정벌해야 할 국가 정도로 인식하고, 한국의 발전 상황을 항상 무시했다.

물론 일본인이라고 해서 100% 그런 생각을 가지고 있는 것은 아니지만, 대다수의 일본인들은 일본 정치인들의 술수에 넘어가 마음 깊은 곳부터 그런 생각이 생기고 있었다.

그렇기에 일본은 언제 어느 때 적으로 돌변할지 모르는 나라였고, 경계를 늦춰선 안 되는 것이었다.

이렇듯 대한민국은 지정학적으로 대륙과 해양으로 무궁히 발전을 할 수 있는 위치를 가지고 있었다.

하지만 북쪽에는 호시탐탐 적화통일에 대한 야욕을 가지고 민생의 안정보단 군사력을 높이고 있는 북한이 있고, 서쪽에는 자신들을 대국이라 칭하며 대한민국을 아직도 오래전 청나라에 사대하던 그런 나라로 알고 있는 중국이 있었다.

그리고 지금은 관계가 조금 나아진 북동쪽의 러시아 또한 100% 믿을 수 있는 나라는 아니었다.

이렇듯 한국을 둘러싼 나라들은 언제 어느 때 적으로 돌변해도 이상할 것 없는 상황이었다.

그러니 대한민국으로선 독침 전략을 고수할 수밖에 없는 것이다.

하지만 언제까지 '너 죽고 나 죽자'라는 전략을 내세우고 있을 수만은 없다.

이제는 그것에서 한 걸음 나아가 '덤비면 죽는다!'라는 메시지를 담은 전략이 필요했다.

사실 이런 전략을 가진 나라가 하나 있다.

그곳은 바로 세계의 화약고라 할 수 있는 중동의 깡패 국가인 이스라엘이다.

이스라엘은 천년 동안 나라 없이 떠돌아다녔다.

하지만 제2차 세계대전을 겪으며 수많은 유대인들이

독일 나치에 의해 학살을 당했고, 나라의 필요성을 느낀 그들은 1947년에 UN의 도움을 받아 이스라엘을 건국했다.

하지만 그 시작은 결코 쉽지 않았다.

수천 년을 그 자리에 자리를 잡고 있던 아랍 국가들의 저항 때문이었다.

중동의 국가들 입장에선 잘 살고 있는 자신들의 땅에 이상한 놈들이 찾아와 땅을 내놓으라한 것이었고, 당연히 불만이 터져 나올 수밖에 없었다.

그렇게 이스라엘은 건국과 함께 중동의 국가들과 전쟁을 시작했다.

건국과 함께 시작된 전쟁은 2년 뒤 휴전을 하면서 일단 종식이 되었다.

그 뒤로 세계 각지에 퍼져 있던 유대인들은 영혼의 고향인 이스라엘으로 몰려들었다.

사업 규모가 커서 옮기지 못하는 사람들은 자신들의 영향력을 행사해 이스라엘의 발전에 공헌했다.

세계 최강국인 미국이 중동의 조그만 나라인 이스라엘을 적극 지지하는 것도 사실 미국 상류층에 자리 잡고 있는 유대인들의 영향력 때문이다.

이렇듯 유대인들은 자신들의 나라가 생겼다는 기쁨에 모든 역량을 나라의 안전과 발전에 쏟았다.

그리고 언제 어느 때 공격을 받아 폐허가 될 수 있기에 나라와 도시, 그리고 사람들을 지키기 위해 강력한 군사력을 만들어 냈다.

이때 공격형 무기뿐만 아니라 방어형 무기마저 만들었고, 그것이 바로 그 유명한 아이언 돔이다.

팔레스타인 테러 조직인 하마스의 로켓 공격에 도시를 방어하기 위해 만들어진 아이언 돔 시스템은 90%의 명중률로 하마스의 공격을 막아 냈다.

사실 대한민국도 북한의 도발을 막기 위해 이 아이언 돔을 도입하자는 움직임이 있었다.

이는 1994년 판문점에서 벌어진 제8차 남북 특사교환 실무접촉을 하던 중 북한의 대표인 박영수가 꺼낸 서울 불바다 망언 때문이다.

물론 그 당시에는 아이언 돔이 개발이 되지 않은 때였기에 정확한 언급은 없었다.

그렇지만 대한민국의 수도인 서울에서 불과 60km 떨어진 곳에 북한군 방사포 부대가 배치되어 있기에 아직도 그 발언은 커다란 위협으로 남아 있었다.

그 때문에 아이언 돔이 팔레스타인 테러 조직의 로켓 공격을 막아 냈다는 뉴스를 접한 대한민국 국민에게도 이를 배치해야 하는 것 아니냐는 이야기가 나온 것이다.

실제로 아이언 돔이 대한민국에 배치되면 분명 도움이 될 것이다.

하지만 그럼에도 아이언 돔을 도입하지 않은 이유는 이스라엘이 처한 상황과 대한민국이 처한 상황이 다르기 때문이다.

이스라엘은 나라의 크기도 작고 지켜야 할 곳 또한 많지 않다.

그리고 이스라엘의 적인 팔레스타인의 하마스 또한 북한처럼 국가가 아닌 테러 조직일 뿐이다.

즉, 경제력이나 과학기술이 북한만큼 위협적이지 않다는 소리다.

북한은 비록 못사는 나라에 속하긴 하지만, 군사력만큼은 테러 조직인 하마스와는 비교가 되지 않을 정도로 강력했다.

게다가 대한민국이 작긴 해도 100만이 넘는 인구를 가진 도시가 수십 개였다.

즉, 지켜야 할 곳이 많다는 소리다.

뿐만 아니라 북한의 방사포와 곡사포 등 원거리 공격 수단은 수천 대나 되었다.

그것들이 뿜어내는 공격을 모두 막아 내려면 아이언 돔 수백 대를 배치해야만 할 것이다.

하지만 아이언 돔 시스템은 결코 저렴하지 않다.

대당 가격은 5,000만 달러에 이르고 미사일 한 발당 2~5만 달러나 한다.

때문에 아이언 돔을 북한의 방사포 공격을 막기 위해 배치한다면 몇 개나 필요한지, 그리고 얼마나 많은 예산이 들어갈지 가늠할 수 없었다.

그렇다고 아이언 돔을 주요 시설 부근에만 배치하는 것은 그 사용 목적에 맞지 않는 일이었다.

일부에서는 그래도 도입해야 하지 않겠냐고 말을 꺼냈지만, 국민 중 누구를 구하고, 또 누구를 버릴 것이냐는 화두가 대두되었다.

그렇기에 정부는 욕을 먹어 가면서 이러한 계획을 철회할 수밖에 없었다.

더욱이 이스라엘이 위치한 지역은 높은 산이 거의 없는 평야 지대인 것에 비해 대한민국은 산지가 국토의 70%나 차지하고 있어 이스라엘의 아이언 돔처럼 높은 명중률을 가질 수 있다는 보장이 없었다.

그래서 나온 것이 한국형 아이언 돔을 개발하자는 주장이다.

이는 KFX 사업을 추진하면서 자체적으로 AESA 레이더를 개발한 것에 고무되어 나온 것이었다.

아이언 돔 시스템에서 가장 중요한 것은 요격미사일이 아닌 적의 공격을 정확히 잡아내는 EL/M—2084 다

기능 레이더였다.

EL/M—2084 레이더는 항공기는 물론이고 탄도미사일, 순항미사일과 로켓은 물론이고, 이보다 작은 표적인 박격포탄과 드론의 공격도 잡아낼 수 있을 정도로 아주 정확한 레이더다.

더욱이 C—130수송기로도 수송이 가능할 정도로 이동성도 좋아 미군에서도 운용을 하고 있다.

그런데 아이언 돔에 들어가는 AESA 레이더만큼이나 정확한 레이더를 한국에서 개발한 것이다.

이것은 EL/M—2084를 만든 엘타사조차 구매하고 싶다고 할 정도로 뛰어난 레이더를 만들어 냈기에 가능한 일이었다.

그렇게 김종찬은 현재 대한민국이 추구하고 있는 전략의 한 부분을 이야기하고 있었다.

"그러니 자네가 우리에게 맞는 방어 체계를 만들어주게."

"음…….."

수호는 이야기를 듣고 한동안 말을 하지 못했다.

장군회와는 어느 정도 비슷한 목적을 가지고 있다고 생각을 했지만, 자신보다 한 걸음 더 나아간 생각을 가지고 있음을 알게 되었기 때문이다.

그동안 자신은 강력한 무기를 만들어 내는 것에만 집

중했다.

물론 방탄 스프레이는 공격 무기가 아닌, 방어 무기에 속했지만, 그것은 다른 것을 만들기 전 과도기적인 물건에 지나지 않았다.

그렇기에 방탄 스프레이의 경우 슬레인에게 모두 맡긴 것에 반해 이번 KFA—01의 개발에는 수호도 깊게 관여했다.

[주인님, 너무 낙심하지 마십시오. 이것은 주인님이 특수부대원으로서 10년간 복무하며 만들어진 성향 때문입니다.]

수호가 반성하고 있을 때, 그의 뇌리로 슬레인이 위로의 말을 건넸다.

사실 슬레인이 하는 말도 어느 정도 맞았다.

특전사와 같은 특수부대는 방어를 위한 부대가 아니다.

그들의 주요 임무는 전쟁이 발발하기 전에 적진에 침투하여, 적의 요인을 암살하거나 주요 시설을 파괴하여 전쟁 수행 능력을 떨어뜨리는 것이 목적이다.

그러다 보니 적을 공격했을 때 가장 치명적인 방법들을 연구하는 것이다.

수호가 공격 무기를 우선해 개발한 것은 이러한 성향 때문이지 방어 무기 체계보다 우월하다고 생각한 것은 아니었다.

더욱이 우연히 손에 들어온 USB에는 그런 무기들에 대한 자료가 듬뿍 담겨 있기도 했다.

"자네가 이 이야기를 받아들인다면, 정부에서 공식적으로 의뢰가 갈 것이네."

김종찬은 자신의 이야기에 아무런 말을 하지 않고 굳은 표정으로 앉아 있는 수호를 보며 다시 한번 입을 열었다.

그런 김종찬에게 수호가 조심스럽게 대답했다.

"생각보다 많은 예산이 들어갈 것입니다."

"그건 당연한 일이네."

"대한민국은 산악 지형이 많고 또 곳곳에 인구 10만 이상의 도시들이 즐비합니다."

수호는 자신의 말에 긍정하는 김종찬을 한 번 더 시험해 보기 위해 막아야 할 지역이 많음을 언급했다.

그의 대답 여하에 따라 그가 속한 장군회를 다시 한번 생각하게 될 것이었다.

"단 한 발의 포탄도 국민의 안전을 위협할 수 없는 완벽한 방어 체계를 만들면 되는 것 아닌가?"

김종찬은 그게 무슨 별개냐는 듯 전 국토를 커버할 수 있는 완벽한 방어 체계를 구축해 달라고 주문하였다.

그런 김종찬의 말에 수호는 저도 모르게 고개를 끄덕

이고 말았다.

물론 100% 완벽한 방어 무기란 이론에 불과했다.

아무리 그의 지능과 사고력이 인간의 범주를 벗어났다고 해도 이는 불가능한 일에 가까웠다.

하지만 수호는 자신 있었다.

그에게는 최고의 만능 일꾼인 슬레인이 있기 때문이다.

세계 최고의 슈퍼컴퓨터를 능가하는 처리 속도와 인터넷 망이 연결이 된 곳이라면 어디든 뚫고 들어갈 수 있는 능력을 가지고 있는 슬레인은 수호에게 그 어떤 존재보다 든든한 존재였다.

그리고 김종찬이 처음 이스라엘의 아이언 돔 이야기를 꺼냈을 때부터 구상하던 것이 있었다.

분명 아이언 돔 시스템은 방어 무기 체계로서 최선의 선택이었다.

그렇지만 한국 지형에선 잘 맞지 않는다.

물론 그것을 커버하기 위해 더 많은 아이언 돔 시스템을 배치하면 되지만, 여기서는 예산이 발목을 잡았다.

한반도의 남과 북을 가르고 있는 휴전선의 길이는 약 250km이다.

이런 지형에 아이언 돔을 배치하여 북한의 방사포와

곡사포의 공격으로부터 안전을 도모하기 위해서는 최소 열 개 포대 이상이 필요했다.

시스템 가격만 최소 5억 달러에, 들어가는 요격미사일까지 생각하면 국방예산을 훌쩍 뛰어넘었다.

하지만 휴전선만 지킨다고 끝이 아니었다.

주요 도시는 물론이고, 국토 전역에 있는 모든 도시를 지켜야 한다.

대한민국은 인구밀도가 높다 보니 지방의 도시라 해도 인구가 5만 이상을 쉽게 넘겼다.

그렇기에 외국에서 방어 체계를 들여오기보단 기존에 있는 것에 새롭게 저고도미사일 방어 체계를 구축하여 통합하는 것이 훨씬 경제적이고 효율적이었다.

그리고 지금 김종찬이 수호에게 요구하는 것이 바로 이러한 것이다.

"그럼 기존 RAM(Rocket, Artillery and Mortar)과 별개로 하는 것입니까?"

"상관없지 않겠나? '흰 고양이건, 검은 고양이건 쥐만 잘 잡으면 된다' 라는 이야기가 있지 않은가? 자네가 이것을 한다고 한다면, 어떤 것을 가져다 쓰던 상관없네. 단, 완벽해야 한다는 점은 명시해야 하네."

김종찬은 수호가 자신의 부탁을 들어줄 것이라는 확신이 들자, 미소를 지으며 질문에 대답해 주었다.

그리고 무엇을 쓰던 상관없지만 단 한 가지, 완벽해야 한다는 점만은 강조했다.

한국인들은 이상한 경향이 있었다.

외국의 군사 전문가들이 대한민국의 군사력은 결코 낮지 않다고 아무리 떠들어 대도 이를 믿지 않았다.

그도 그럴 것이, 대한민국 주변에 포진한 국가들의 전력이 만만치 않기 때문이다.

하물며 휴전선을 두고 대치를 하고 있는 북한만 해도 지구상 가장 강력한 무기인 핵과 대륙간 탄도탄을 보유하고 있었다.

한반도 비핵화를 약속한 북한은 날로 격차가 벌어지는 남북간 군사력으로 인해 체제가 불안해졌다.

때문에 이 협약을 번복하고, 핵개발을 계속하며 남한을 위협했다.

이에 미국을 비롯한 많은 나라에서 UN을 통해 제재를 가하고 있지만, 이는 별로 소용이 없었다.

그도 그럴 것이, 북한의 뒤로 중국이 많은 물품을 보내 주고 있었기 때문이다.

물론 이런 지원은 결코 공짜가 아니다.

중국은 북한을 상대로 엄청난 대가를 받으며 물건을 팔고 있었다.

이에 미국을 비롯한 많은 나라에서 중국을 비난하며

UN의 결정을 따르라 말했지만, 공산당 독재 국가인 중국은 이런 말에 귀 기울이지 않고 제 배만 채워 갈 뿐이었다.

그러니 한국의 입장에선 남북 비핵화 공동선언을 번복하고 핵미사일까지 개발한 북한을 이대로 두고 볼 수만은 없었다.

각종 첨단 무기는 물론이고, 방어 체계도 구축을 해야만 했다.

그렇다고 한반도에 잘 맞지도 않고 비싸기만 한 무기 체계에 많은 예산을 들일 수는 없었다.

그래서 비교적 기술 개발이 쉬운 저고도 무기 체계를 완성시켰다.

그것이 바로 천궁과 비호다.

천궁은 러시아의 S—300 지대공미사일의 기술을 가져와 개발한 우수한 요격미사일이었다.

하지만 한계가 분명한 무기 체계이기도 했다.

그도 그럴 것이, 천궁의 레이더는 최신 AESA 레이더가 아닌 구형 PESA 레이더였다.

수동으로 탐지할 곳을 조작해 줘야 하기에 적의 공격에 대응이 늦다는 단점을 가지고 있었다.

한마디로 이스라엘의 아이언 돔보다 낡은 체계인 것이다.

김종찬은 이러한 사실을 알기에 어떤 것을 가져다 쓰던 알아서 하되, 아이언 돔처럼, 아니, 그 이상의 완벽한 방어 무기 체계를 만들어 달라고 부탁하는 것이었다.

5. 대만에서

장군회의 고문인 김종찬을 만나고 온 수호는 슬레인의 본체가 있는 지하 작업장으로 향했다.

수호가 지하 작업장에 간 이유는 슬레인과 깊은 대화를 나누고 싶어졌기 때문이다.

왼쪽 손목에 착용되어 있는 스마트워치를 통해 실시간으로 대화를 할 수도 있었지만, 오늘은 직접 만나 이야기를 나누고 싶었다.

[어서 오십시오.]

자신의 작업장에 마스터인 수호가 들어서자, 슬레인은 바로 인사를 하였다.

언제나 함께하고 있지만, 또 언제나 수호의 집 지하에 있는 것이기도 하기 때문에 항상 이런 식으로 인사하는 것이다.

"그래, 작업은 잘되고 있어?"

자신의 용무 때문에 방문한 것이긴 하지만, 한편으론 슬레인이 하고 있는 작업의 진행 상황이 궁금했기에 수호는 질문을 건넸다.

[네. 5% 정도 진척이 있었습니다.]

슬레인이 대답한 연구는 현재 진행하고 있는 프로젝트 중 하나인 파워팩에 관한 것이었다.

처음 슬레인이 수호와 함께 한국에 들어와 스스로 학습하며 자아를 업그레이드한 뒤 가장 먼저 꺼낸 부탁은 바로 자신의 몸을 가지기 위해 돈을 벌게 해 달라는 것이었다.

자신의 존재 의미인 마스터를 보조하기 위해 손목의 스마트워치나 팔찌 형태로 있어도 그리 큰 상관은 없었다.

하지만 영화나 기타 오락 매체에서 영감을 얻은 슬레인은 보다 능동적으로 보조하는 수단을 찾아냈다.

그렇게 지구인들의 오락 거리를 학습하던 중 슬레인은 그들이 참으로 희한하다는 것을 깨달았다.

그들은 자신들이 발달시킨 과학 수준보다 월등한 것

을 종종 상상으로 만들어 내곤 하는 것이다.

물론 이는 완전한 허구의 것으로 오락에 불과했다.

그렇지만 그것을 얼마 지나지 않아 실현해 내는 저력을 가지고 있기도 했다.

그들의 과학 수준을 자신이 만들어진 은하연방과 비교하자면, 이제 막 모행성의 인력을 벗어나기 직전의 단계에 불과했다.

하지만 그 상상력만큼은 은하연방의 구성원들에 전혀 뒤처지지 않았다.

아니, 오히려 이것만큼은 상위에 속할 정도였다.

하지만 아직까지 상상을 현실로 만들어 낼 만한 기술력이 부족했다.

그래도 지구인들이 은하연방의 구성원들이 겪은 것처럼 이 시기를 슬기롭게 극복한다면, 충분히 은하연방의 새로운 구성원으로서 받아들여지게 될 것이다.

프르그슈탈과 같은 외계인이 이곳 지구에 온 것 또한 사실 이런 이유 때문이었다.

생명체가 탄생한 미개 행성이 제대로 성장을 하는 것을 암중으로 돕고 이들이 파멸로 가는 것을 막는 것이다.

그렇게 제대로 각성하여 은하연방으로 편입될 수 있게 인도하는 것.

이것이 프르그슈탈을 유배라는 형식으로 미개 행성으로 보내, 관찰 형을 내린 은하연방 위원회의 목적이었다.

그리고 그런 외계인들이 보기에 현재 지구는 갈림길에 서 있었다.

모행성을 떠나 우주로 진출을 성공할 것인지, 아니면 기술의 발전을 따라가지 못한 정신의 혼란으로 스스로 자멸할지도 모르는 그 중간 말이다.

실제로 많은 우주의 행성들이 이 갈림길에서 앞으로 나아가지 못하고 주저앉으며 파멸로 접어들었다.

사실 은하연방의 규칙에는 원래 행성의 발달에 절대 직접적으로 개입하여 도움을 주면 안 된다는 조항이 있었다.

하지만 프르그슈탈은 이런 규칙을 어기고 자신의 호기심을 충족시키기 위해 다 죽어 가던 수호를 살린 것이다.

그리고 그것도 모자라 자신에게 주어진 슬레이브 중 하나를 수호에게 선물로 주었다.

비록 은하연방의 놀라운 과학기술을 하나도 남기지 않고 초기화한 것이라 하지만, 지구의 과학기술을 학습함으로써 슬레인은 지구상 그 어떤 인공지능보다 뛰어난 존재가 되었다.

알파고를 능가하는 능력을 가지고 있는 것은 물론이고, 자신을 대신해 주식을 투자할 수 있는 인공지능을 제작할 정도였다.

이처럼 슬레인의 학습 능력과 정보처리 능력은 지구상의 그 어떤 천재나 슈퍼컴퓨터를 압도했다.

그런 슬레인이 자신의 육체를 가지고 마스터인 수호를 보조하기 위해 연구를 하고 있었다.

당연하게도 그 규모는 절대 작지 않았다.

방금 전에 대답한 것도 그중 하나였다.

실제 사람 크기의 인간형 안드로이드를 운용하기 위해 필요한 전력을 공급할 파워팩 연구에 대한 이야기였다.

20년 전만 해도 초기 인간형 로봇 같은 경우, 그것을 움직이기 위해 외부의 전력을 끌어와야만 했다.

그러던 것이 커다란 등산용 배낭 크기로 변하더니, 10년 전에는 작은 책가방 크기로 줄어들었다.

하지만 로봇을 움직이기 위한 배터리의 크기는 기존의 용에서 더 이상 진척이 없었다.

슬레인이 원하는 것은 기존의 로봇에 부착된 외부 노출형이 아닌, 몸체 내부에 삽입되어 겉으로 보이지 않는 내장형 파워팩이었다.

그러면서도 인간처럼 뛰고, 걷고, 필요에 따라서는 물

속이나 불속에 들어가도 전혀 지장이 없는, 그런 영화에서나 나올 법한 존재가 되는 것이 목표였다.

그러기 위해선 다른 무엇보다 파워팩의 소형화가 관건이었다.

소형이면서도 강력한 전력을 만들어 낼 수 있는 아크원자로가 바로 슬레인이 추구 하는 것이었다.

그러면서도 영화 스틸맨에서 주인공을 보조하는 인공지능보다 해당 코믹스의 경쟁사에서 만든 다크나이트에 등장하는 만능 집사 같은 존재가 되고 싶어 했다.

스틸맨에 나오는 인공지능은 현재 슬레인으로도 충분히 구현 가능했다.

비록 영화에서처럼 하늘을 날아다니려면 보다 더 엄밀한 연구가 필요하겠지만, 그것을 뺀 다른 것들은 현재로써도 가능했다.

방탄 스프레이도 사실 그 영화를 보고 개발한 것이었다.

마스터인 수호를 저격으로부터 보호하기 위해 특수소재를 찾던 중 발명한 것이 바로 그가 우라노스를 탈 때 착용하는 바이크 복이다.

겉으로 보기에는 흔한 바이크 복처럼 보이지만, 실제로는 대물 저격총에 쓰이는 12.7㎜ 철갑탄에도 뚫리지 않는 방탄복이었다.

영화의 그것에 준하는, 그야말로 엄청난 물건인 셈이다.

원래 수호가 입던 바이크 복은 그 정도의 괴물 같은 방탄 능력을 가진 물건이 아니었다.

하지만 창호파가 러시아의 살인 청부업자에게 암살 의뢰를 한 것을 알게 되면서 이런 어마어마한 방탄복을 만들었다.

이때 개발된 방탄 기능의 화합물을 스프레이 형태로 만든 것이 바로 SH화학에서 생산하는 방탄 스프레이인 것이다.

그리고 그것은 슬레인 자신의 인공지능이 안착할 몸체에도 사용될 예정이었다.

물론 그러기 위해선 지금의 연구들이 모두 완성되어야 하겠지만 말이다.

어찌되었든 슬레인은 현재 안드로이드에 쓰일 소형 아크 원자로를 만들기 위해 부단히 연구 중이었다.

하지만 아직 스틸맨에 나올 정도의, 소형화가 되면서도 강력한 전력을 낼 아크 원자로까지의 갈 길은 한참 멀었다.

이제 겨우 직경 2m에 높이 1.8m의 아크 원자로를 만들어 냈을 뿐이었다.

물론 이 정도만 되어도 외부에 알려지면 엄청난 이슈

가 되겠지만, 슬레인이나 수호는 이러한 성과를 아직 발표할 생각이 없었다.

아직도 5세대 스텔스 전투기와도 겨뤄 볼 만한 4.5세대 전투기의 개발로 집중적인 관심을 받고 있다.

오래전부터 개발하던 것도 아니고, 그렇다고 국가의 전폭적인 지원을 받은 것도 아닌, 전투기라고는 한 번도 생산해 보지 못한 회사.

설립된 지 2년도 되지 않은 신생 항공 회사가 어느 날 갑자기 전투기를 개발하겠다고 나서더니, 정말로 뚝딱 만들어 냈다.

그렇다고 엉성하게 만든 게 아니라 비행 테스트를 거쳐 그 어떠한 악조건 속에서도 결함이나 오류도 보이지 않는, 탁월한 성능을 보여 주었다.

그 덕분에 시제기 출고식 당일에 200여 대의 납품 계약을 따내기까지 했다.

게다가 미국이 성능 테스트를 대신해 주며 데이터를 공유하기로 하였을 뿐만 아니라, 무장에 필요한 소스 코드 또한 미군이 부담하기로 했다.

그런 엄청난 이슈를 만들어 낸 SH항공의 오너가 바로 수호였다.

그러니 과학 선진국이나 연구소에서도 아직까지 만들어 내지 못한 아크 원자로를 개발하고 소형화까지 했다는 사실이 밝혀진다면, 아주 난리가 날 것이다.

아마 관심 정도가 아니라, 몇몇 국가는 수호를 회유하기 위해 손을 쓸지도 몰랐다.

뿐만 아니라 혹시라도 적성국에 포섭이 될 것을 두려워해 암살자를 보낼 가능성도 있었다.

물론 수호는 이런 것에 별로 신경 쓰지 않았다.

그렇지만 자신의 주변 사람들이 해를 입을 수도 있기에 발표하지 않는 것이었다.

"소재를 바꿔 보는 건 어때?"

아크 원자로의 소형화에 대해 크게 진척이 없자, 수호는 들어가는 원료를 바꿀 것을 제안했다.

[시도 중이지만, 아직까지 제가 원하는 정도로 열에 강하고 압력을 견딜 수 있는 물질을 만들어 내지 못했습니다.]

슬레인도 여러 방향으로 연구를 하고 있지만, 성과가 없었다.

수호와 슬레인은 그렇게 프로젝트에 대한 대화를 이어 나갔다.

시간이 어느 정도 지나자, 문득 수호는 김종찬 장군회 고문과 나눈 대화를 떠올렸다.

심보성 사장을 통해 만나자고 연락하고는 느닷없이 이스라엘의 아이언돔과 같은 대공방어 체계를 만들어 달라는 부탁에 깜짝 놀랐다.

"그런데 슬레인, 너는 어떻게 생각해?"

[무엇을 말씀하시는 것입니까?]

"아까 낮에 김종찬 고문이 한 이야기 말이야."

수호는 아직도 그가 무슨 이유로 그런 부탁을 한 것인지 갈피를 잡을 수가 없었다.

그가 말한 아이언돔이 있다면, 주요 시설을 보호하는 데 도움이 되긴 할 터였다.

그렇지만 대한민국은 이스라엘처럼 많은 예산을 국방에 투자할 수 있는 나라가 아니었다.

또한 지켜야 할 지역도 너무도 많았다.

그에 반해 북한은 이스라엘의 적인 팔레스타인 해방기구인 PLO나 테러 조직인 헤즈블라와는 비교되지 않을 정도로 막강한 군사력과 기술력을 가진 불량 국가였다.

헤즈블라가 이스라엘을 상대로 수천 기의 드론이나 박격포탄 등을 날린다 하지만, 북한은 그 열 배 이상의 방사포와 곡사포를 보유하고 있었다.

그런 나라를 상대로 아이언돔과 같은 방어 체계를 만들기 위해서는 보다 더 정밀하고 완벽한 레이더 시스템이 연동된 무기 체계가 필요했다.

물론 슬레인과 함께라면 이를 만들어 낼 자신은 얼마든지 있었다.

하지만 '그게 실현이 가능할까?'라는 물음에 그렇다는 대답을 쉽게 하기는 어려웠다.

그런 완벽한 방어 무기를 만들기 위해서는 기존의 군사과학 기술로는 한계가 분명했기 때문이다.

지금 나와 있는 무기 체계 중 고에너지 무기.

즉, 레이저를 이용하면 가능하긴 했다.

하지만 그것은 북한이 보유한 원거리 투사 무기를 한꺼번에 사용하지 않고 소수만 운용할 때나 방어가 가능한 것이었다.

레이저 무기가 비록 적은 비용으로 빠르게 날아오는 적의 공격을 막아 낼 수 있다고는 하지만, 이를 쏘기 위해서는 그만한 에너지를 충전하는 시간이 필수적이었다.

그러한 전력을 만들 수 있는 것은 원자력발전소뿐이다.

그런데 여기서 문제가 생긴다.

원자력발전소가 자칫 피격되었을 때, 방사능 누출이라는 엄청난 사건에 휘말리게 되는 것이다.

더욱이 누출 정도가 아니라 핵물질이 폭발이라도 일으키면, 한반도 전역이 방사능으로 오염된다.

그렇게 되면 방사능으로 인해 많은 사람들이 방사선 피폭으로 죽거나 심각한 후유증에 시달리게 될 터.

그러니 안전에 관한 사항을 보완할 수 있는 다른 대안이 필요한 것임이 분명했다.

공격을 당했을 때, 원자력발전소보다 위협이 적으면서도 그만큼 강력한 전력을 생산해 낼 수 있는 방법 말이다.

그것만 있다면 레이저 무기는 물론, 마하 10 이상의 극초음속의 투사체를 날려 물리력으로 목표를 파괴하는 레일건과 같은 무기를 만들 수 있다.

그리고 그런 무기들을 북한이 보유한 방사포보다 많이 만들어 대한민국 국토 전역에 배치한다면, 북한의 도발로부터 안전을 도모할 수 있을 것이다.

"원자력발전소 정도의 전력을 생산할 수 있는 시설 열 개 정도만 있어도 김종찬 고문이 부탁한 방어 시스템을 만들 수 있을 텐데……."

수호는 뭐가 그리 아까운 것인지 자신도 모르게 자신의 생각을 입으로 중얼거렸다.

그런 수호의 중얼거림을 들은 슬레인이 대답하였다.

[원자력발전소 정도는 아니지만, 그보다 안전하면서 많은 전력을 생산하는 기술은 확보하고 있지 않습니까?]

"응? 그런 기술이 있었나?"

슬레인의 대답에 수호는 무슨 말을 하는지 알아듣지 못해 두 눈을 깜빡이며 되물었다.

[현재 제가 연구 중인 아크 원자로의 발전량은 10㎿급 원자로입니다.]

핵분열이 아닌 핵융합 발전을 이용하는 것이기에 방사선 누출 위험이 적었다.

또한 그 원료도 우라늄이나 플루토늄이 아니라 토륨을 이용하는 방법을 연구 중이기에, 방사선이 누출된다고 해도 인체에 그리 치명적이지는 않았다.

그러면서도 그 발전량이 무려 10㎿나 되었다.

[발전량이 부족하면, 원자로의 숫자를 늘리면 되지 않을까요?]

"그렇지! 내가 왜 그 생각을 못하고 있었지?"

수호는 안전을 위해 너무 조심한 나머지 슬레인이 연구하던 성과물에 대한 생각은 머리 한 켠에 접어 두고 있었다.

그렇기에 미처 조금 전에 물어본 아크 원자로에 대한 생각을 하지 못했다.

그런 것을 슬레인이 콕 집어 먼저 조언해 준 것이다.

"그거라면 대규모로 설비할 필요도 없겠네."

[맞습니다. 지하에 벙커를 만들어 원자로를 설치하면, 예상치 못한 공격으로부터 충분히 안전을 보장받을 수 있으면서도 안정적인 전력 공급이 가능할 것입니다.]

현대 무기는 굳이 레이저나 레일건이 아니더라도 전력이 요구되었다.

엔진으로 돌아가는 전차나 자주포도 그것을 운용하기

위해서는 전력이 필요했고.

만약 아크 원자로에서 생산하는 전력을 사용한다면, 레이더 또한 많은 전력을 안정적으로 공급 받으니 보다 정밀하게 관찰할 수 있을 것이다.

이렇게 포착한 적 미사일이나 로켓탄 등을 방어 무기 체계에 전달하면, 레이저 무기든 레일건이든 적의 공격을 충분히 막아 낼 수 있을 것이라 예상되었다.

또 굳이 두 무기들이 아니더라도 대한민국이 개발하고 있는 미사일의 값은 다른 나라의 미사일보다 저렴하면서도 정확도 면에서는 비슷하거나 좀 더 우수한 것들이 대부분이었다.

그도 그럴 것이, 대한민국의 방산업계는 미국과 동종의 무기 체계를 가지고 있었다.

그러다 보니 한국과 미국에서 개발하는 무기는 서로 무척이나 흡사한 형태였다.

하지만 미국의 경우, 세계 무기 시장을 선도하다 보니 초기에 많은 예산을 들여 개발하곤 했다.

그에 반해 한국은 이미 미국이 운용 중인 무기를 비싼 가격에 도입하여 사용했다.

그리고는 한국 지형에 맞게 최신 기술을 접목하여 새로운 무기로 재탄생시켰다.

현재는 M109 팔라딘 자주포와 K—9 썬더, 다연장로켓 시스템인 MLRS: M270과 K—239 천무가 있다.

그리고 대전차미사일로는 미국의 FGM—148 제블린과 KT—1K 현궁 등이 있다.

그리고 이렇게 개발한 무기들은 비슷하거나 우수한 성능을 보여 준다.

이는 한국이 미국보다 무기를 잘 만들어서 성능이 우수하다기보다는 먼저 개발한 것을 보고 뒤늦게 비슷한 무기를 개발하다 보니 그런 것이었다.

보다 더 진보한 기술을 사용해 개발하기 때문에 이런 결과가 나오는 것은 당연한 수순이었다.

이러한 과정을 반복적으로 거치다 보니, 대한민국의 무기 수출액은 해가 거듭될수록 늘어나고 있는 상황이었다.

심지어 미군도 몇몇 무기에 대해선 자체 개발을 하지 않고 한국이 개발한 무기를 도입할 정도로 한국의 방산은 날로 발전했다.

아이언돔에 들어가는 요격미사일의 가격도 발당 5만 달러 정도지만, 만약 이것을 한국에서 만든다면 그보단 훨씬 저렴한 가격이 될 것이다.

그러니 수호는 굳이 요격미사일까지 개발할 필요가 없겠다 생각했다.

물론 그것까지 만든다면 더 나은 성능의 것을 만들

수는 있지만, 굳이 그러지 않기로 했다.

그 시간에 다른 것을 개발하는 것이 더 이득이라 생각했기 때문이다.

*　*　*

SH항공에서 대한민국 두 번째 자체 개발 전투기가 개발됐다는 것과 출고식 당일에 많은 중동 국가에서 구매 계약을 했다는 소식은 빠르게 퍼졌다.

그리고 이 소식은 두 달 전, KAI에서 'KF―21 보라매' 출고를 폄하하던 주변국들을 긴장하게 만들었다.

한 번은 우연이라 치부할 수 있었다.

그렇지만 그것이 두 번이 되면, 그것은 우연이 아닌 필연이라고들 하지 않던가.

한국을 둘러싼 중국과 일본의 경우, 출고식 당시만 해도 자신들은 4세대가 아닌 5세대 전투기를 실전 배치를 한 국가라며 한국을 얕봤다.

이미 5세대를 실증했고 6세대 전투기를 연구, 개발한다며 무시하기까지 했다.

하지만 겨우 두 달 만에 또 다른 시제기가 출고하였다.

더욱이 이번에 발표된 KFA―01 편전은 단순한 4세

대 전투기 정도가 아니라 5세대 전투기 개념이 일부 들어가 있었다.

편전은 스텔스 기능의 핵심인 내부 무장창만 빼고 모두 적용했을 뿐만 아니라, 아직 완벽히 세대 구분이 되지 않은 6세대 전투기에 적용되는 이론도 일부 적용한 기체였다.

3D 프린팅 기술을 이용한, 값싸고 유지비가 적게 들어가는 전투기.

그것이 바로 6세대 전투기에 들어가는 필수 요소 중 하나였다.

이전의 전투기들은 적국으로부터 자국의 안전을 지키기 위해 최고의 성능만을 요구하였다.

그러다 보니 천문학적인 개발비와 유지, 보수비는 물론이고, 계속해서 변화하는 전장 상황 변화에 적응하기 위해 업그레이드 비용을 감당해야만 했다.

이런 이유로 전투기 개발은 사실상 강대국들의 전유물이라 할 수 있었다.

물론 어디에나 예외는 있었다.

강대국이라고 부르기 힘든 스웨덴은 자체적으로 베스트라 불리는 여러 전투기들을 개발하기도 했지만, 그것은 어디까지나 러시아(소련)란 확실한 적대국이 있었기 때문이다.

그들로부터 나라와 국민을 지키기 위해 스웨덴은 미국의 도움을 받았고 자국의 영공을 지키는, 저렴하면서도 여러 비용이 적게 들어가는 전투기를 개발했다.

그것이 바로 JAS—39 그리펜 전투기였다.

한국도 스웨덴과 매우 흡사한 상황에 놓여 있었다.

아니, 오히려 스웨덴보다 지리적, 정치적 상황은 더 좋지 못했다.

그렇기에 대한민국은 자주국방을 위해 스웨덴을 본받아 전투기를 직접 개발하기에 이르렀다.

그렇지만 대한민국에는 이렇다 할 전투기 개발의 노하우가 아무것도 없었다.

동맹인 미국의 경우, 자국산 전투기를 판매하기 위해 여러 기술들을 이전하겠다고 약속했으면서도 결과적으로 핵심 기술은 이전하지 않았다.

이는 분명 계약의 위반 사항이었지만, 한국은 어떠한 항의도 할 수가 없었다.

그도 그럴 것이, 일반 기업 간의 계약과 다르게 미국과 한국의 무기 구매 계약은 불공정하게 이루어지기 때문이다.

이는 안보라는 측면에서, 혹은 전략 기술의 불법 탈취를 막는다는 취지에서 이루어지는 특수한 계약이긴 했다.

하지만 그 모든것을 고려하더라도 미국은 기술 이전에 대한 자세가 아주 이중적이었다.

특히나 전투기의 경우, 분명 돈을 주고 사 온 우리의 것이지만, 대한민국 공군은 미국에서 사들인 전투기를 함부로 정비하지도 못했다.

일부 품목에 대해서는 미국의 제조사가 직접 정비를 해야만 했기에, 몇 달 동안 운용할 수 없는 사태가 벌어지기도 했다.

그렇지만 이제는 아니었다.

대한민국은 자체적으로 전투기를 생산할 수 있는 나라가 되었다.

오류가 발생하면 즉각적으로 분해하여 오류를 잡고 국토방위에 바로 투입할 수 있게 된 것이다.

그런데 이런 최신 기체가 하나도 아니고 무려 두 종이나 되었다.

그것도 하나는 미들급 전투기이고, 또 하나는 로우급 전투기였다.

심지어 두 전투기 모두 특정한 임무만 수행할 수 있는 것이 아니라 다양한 상황에 쓰일 수 있는 전천후 기체였다.

적 전투기를 제압하는 임무, 그리고 지상군을 지원하는 공격기의 임무까지.

그야말로 멀티 롤 전투기였다.

게다가 이런 멀티 롤 전투기이면서도 가격이 동급의 전투기들에 비해 무척이나 저렴했다.

***

대만의 총통인 차잉원은 긴급 안보 회의를 소집했다.

차잉원 총통이 안보 회의를 소집한 이유는 다름 아닌 중국의 도발 때문이었다.

대만은 한때 아시아의 용으로 불릴 정도로 경제력은 물론이고, 군사력 또한 강력했다.

하지만 중국이 UN에 가입하면서 대만은 중국인들을 대표하는 국가에서 내려올 수밖에 없었다.

그러다 보니 대만은 아시아의 네 마리 용에서 가장 먼저 자리에서 내려오게 되었다.

뿐만 아니라 소련을 경계하던 미국의 정책이 중국공산당의 눈치를 보기 시작하면서 대만의 몰락은 가속화되었다.

그도 그럴 것이, 동맹이던 미국이 가장 먼저 대만과 손절하면서 그동안 미국에 의존하던 방위 산업에 큰 타격을 받았다.

새롭게 떠오르는 시장인 중국을 버리고 대만과 계속

해서 손을 잡고 있을 나라는 어디에도 없었다.

그러다 보니 군함과 전투기를 대만에게 판매하려는 나라는 없다시피 하였다.

그 때문에 대만은 울며 겨자 먹는 심정으로 비싼 돈을 주고 미국산 무기들을 구입해야만 했다.

그것도 최신 기종이 아닌, 오래된 구형의 기체를 말이다.

그런데 최근 중국이 대만을 압박하고 있었다.

이는 대만에서 일어나고 있는 독립의 움직임 때문이다.

그동안 중국과 대만은 하나의 중국을 표방하며 양안 체제를 유지하고 있었다.

하지만 현재 대만은 과거의 체제를 거부하는 움직임이 거세지는 중이다.

게다가 한때 중국 대륙에서 기득권을 가졌다가 국공 내전에서 패배하고 대만으로 쫓겨 온 노년층들이 사망하고 새로운 세대들이 나오면서 그러한 움직임은 날로 커져만 갔다.

그러다 보니 중국공산당의 입장에선 하나의 중국 원칙을 위배하고자 하는 대만의 움직임을 그냥 좌시할 수는 없었다.

만일 대만이 독립한다면 일당 독재 체제를 가지고 있

는 중국공산당 입장에서는 태평양으로 진출을 하는 창구를 잃는 것뿐만 아니라, 국가의 체제를 무너뜨릴 수 있는 일이기에 좌시할 수가 없었다.

그래서 중국은 독립하려는 대만을 군사적으로 압박하고 있었다.

처음에는 수월하게 진행됐지만, 성장한 중국을 고깝게 생각하는 미국이 나서면서 상황이 달라졌다.

그동안 대만에 무기 수출을 금지하던 미국이 일부 품목에 대한 판매를 승인한 것이다.

그러다 보니 중국공산당의 압박은 더욱 강력해졌다.

무엇보다 미국이 승인한 무기가 도착하기 전, 대만이 현재 가용 중인 무기들이 중국의 전술에 휘말려 가동률이 줄어들고 있다는 것이다.

중국공산당은 근대에 사용하던 구식 전술인 인해전술을 들고 대만을 위협하고 있었다.

물론 이는 바다를 사이에 두고 사람을 밀어 넣는 게 아니라, 상대적으로 많은 전력의 일부를 이용해 대만을 위협했다.

하지만 그렇다 해서 대만이 그냥 지켜볼 수는 없기에 이에 대응하고자 군대를 출동시켜야만 했다.

그래야 언제 어느 때든 상황을 대처할 수 있기 때문이다.

문제는 대만 군대의 수나 물자가 중국만큼 여유롭지 못하다는 것이다.

더욱이 요즘은 인터넷으로 세계가 연결되다 보니, 중국은 인터넷을 이용해 대만 전역에 위기감을 조성하고 있었다.

그러던 찰나, 하필 중국에서 발진한 전투기에 대해 스크럼블을 하고자 출동한 대만의 전투기가 기관 고장으로 대만해협에 추락하는 사고가 발생했다.

미국의 무기 금수 조치로 노후화된 F—16 전투기의 유지가 쉽지 않은 상태였고 잦은 출동 탓에 피로도가 극심해져 결국 비행 중 고장을 일으킨 것이다.

이 사건 때문에 군부에서는 신형 전투기의 필요성이 대두되었고 중국과의 관계가 나빠진 미국으로부터 새로운 전투기를 들여올 수 있게 되었다.

하지만 이때도 미국은 대만이 요구하던 F—35 스텔스 전투기도 아니고, 대형 기체인 F—15EX도 아닌, 그보다 한 단계 더 낮은 등급의 F—16V 전투기를 권하였다.

게다가 F—16V가 F—16 전투기 중 최신 개량형이라지만, 그렇게 큰 차이는 없는데도 대만에 바가지를 씌우기 위해 기체의 가격을 높게 불렀다.

그렇지만 대만은 안전을 위해서라도 울며 겨자 먹는

심정으로 F—16V 66대를 80억 달러로 계약할 수밖에 없었다.

그런데 인접국인 한국에서 새로운 대안이 두 개나 나타났다.

KF—21 보라매의 경우, 아직 실전 테스트가 남아 있어 양산까진 몇 년이 더 걸릴 것이란 소식을 들었다.

하지만 뒤이어 나온 KFA—01 편전의 소식은 차잉원 총통이나 독립을 원하는 대만인들에게 커다란 충격을 가져다주었다.

심지어 한국에서 개발한 KF—21이나 KFA—01은 각각 7,500만 달러와 5,500만 달러였다.

물론 이는 순수하게 기체만의 가격이기는 하지만, 무장이나 여분의 부속까지 채택을 해도 F—16V 보단 훨씬 저렴한 가격이었다.

또한 무기의 구매는 단순하게 무기만 구매하는 것이 아니라, 외교적으로 동맹을 맺는다는 의미가 있었다.

하지만 그렇다고 미국이 자국의 전투기를 구매한 것 때문에 중국과 전쟁이 발발했을 때 대만의 편에서 같이 싸워 줄 것이라 생각되지는 않았다.

외부로부터 국가와 국민을 지키는 것은 결국 자신들의 힘뿐이라는 것을 알기에 차잉원 총통은 긴급 안보회의를 주체한 것이다.

미국에서 들여올 F―16V를 기다리기보다는 예산이 더 들어가도 가까운 한국에서 이에 버금가는 싸고 좋은 전투기를 구매하자는 의견에 대해 내각의 생각을 묻기 위해서였다.

"모두 소식 들었지요?"

차잉원 총통이 비상 안보 회의에 참석한 내각 의원들을 보며 물었다.

"정보가 사실이라면, 참으로 안타까운 일입니다."

샹징궈 국방 장관이 몹시 침통한 표정으로 대답했다.

그도 그럴 것이, 불과 1년 전 중국의 위협으로부터 영공을 지키기 위해 미국과 F―16V의 구매 계약을 한 것이 자신이었기 때문이다.

그런데 그 절반의 가격으로 한국에서 최신 전투기가 나왔다고 하니 속이 쓰렸다.

"조금만 더 일찍 개발이 완료되었더라면……."

샹징궈는 무척이나 안타까운 마음으로 중얼거렸다.

그런 그의 마음을 알고 있는 것인지 차잉원 총통이 이야기를 이어 갔다.

"그래서 꺼내는 이야기입니다만, 추가로 한국의 전투기를 도입하는 것에 대해 어떻게 생각하십니까?"

차잉원 총통은 두 눈을 반짝이며 안보 회의에 참석한 위원들의 얼굴을 하나하나 둘러보았다.

한국이 개발한 전투기는 자국이 F—5를 기반으로 개발한 F—CK—1 경국 전투기와는 차원이 다른 기체였다.

항속거리는 물론이고, 전투 반경 또한 넓어 대만의 어느 곳에서나 이륙할 수 있으며, 중국 본토까지 작전 반경에 들어갔다.

더군다나 중국공산당이 보유한 전투기 중 한국이 개발한 전투기를 상대할 수 있는 기체는 드물었다.

차잉원 총통의 눈은 굳은 의지로 가득했다.

"하지만 계약을 한다고 해도 문제입니다."

가만히 듣고 있던 양상궈 부통령이 말을 꺼냈다.

"어떤 게 문제란 말입니까?"

"현재 알려진 것만 해도 200대 가까이 납품 계약을 했다고 합니다. 그런데 우리가 주문을 한다고 해서 바로 납품이 되겠습니까?"

"음……."

차잉원 총통은 뜻하지 않은 암초에 신음을 흘렸다.

한국의 전투기 가격이 저렴하다는 것에만 초점을 맞추었기에 그러한 장애물이 있다는 것을 확인하지 못했다.

"그런 문제라면 한 가지 방법이 있기는 합니다만."

순서에 밀려 전투기를 늦게 확보한다면, 이는 있으나

마나 한 계약이었다.

하지만 방법이 있다는 말에 차잉원 총통은 물론이고, 그녀를 지지하는 위원의 눈이 모두 그에게 쏠렸다.

"뭐라고요? 방법이 있어요?"

"라이선스를 획득하면 됩니다."

"아!"

"라이선스 생산……."

자리에 있던 사람들은 생각지도 못한 샹징궈 장관의 발언에 감탄을 표했다.

만약 라이선스를 취득한다면, 굳이 납품될 때까지 기다릴 필요가 없었다.

"그럼 예산은 얼마로 하고, 면허 생산은 몇 대나 할 것인지 논의해 봐야겠군요."

새로운 방법이 나오자, 안보 회의는 급물살을 타기 시작했다.

이미 공산당의 위협은 오래전부터 시작되었다.

하지만 현재 대만은 그들로부터 나라를 지킬 여력이 부족했고, 무기 또한 너무도 낡아 제 기능을 하지 못했다.

차잉원 총통과 그녀의 내각은 이러한 낡은 대만을 뜯어고치고 대륙으로부터 스스로를 지키기 위해 온 힘을 다하고 있었다.

"그렇다면 양상궈 부통령이 이번 라이선스 취득을 맡아 주시기 바랍니다."

"알겠습니다. 총력을 기울이겠습니다."

6. 1+1

2016년, 북한의 4차 핵실험으로 인해 한반도는 물론이고, 동북아시아는 심각한 핵 위협에 휩싸였다.

북한이 남북협상을 통해 비핵화를 선언했음에도 불구하고, 김장은 정권이 들어서자마자 이전 정권이 맺은 협상을 헌신짝 벗어 던지듯 무시한 것이다.

그리고 얼마 지나지 않아 국제사회의 우려에도 핵실험을 강행했다.

이에 대한민국 정부는 미군이 보유한 고고도 방공미사일 체계인 사드(THAAD)를 배치했다.

이는 북한으로부터 날아올 고고도 탄도미사일을 요격

하기 위한 방편으로, 주한미군과 그 가족들을 보호하는 목적으로 사드를 설치하겠다는 미국의 생각과 맞아 허가한 것이다.

하지만 중국은 이러한 사드 배치에 전면 반발하며 사드가 미국의 것인데도 불구하고 대한민국에 대한 보복 조치를 하였다.

수많은 한국의 기업들이 중국에 진출하고 해외여행을 하는 중국인들의 70%가 한국으로 관광을 오던 시기였기 때문에 한국에게 큰 타격일 수밖에 없었다.

중국은 더 나아가 한국 물품이나 문화 등 다양한 부분에서 중국인들이 쓰지도, 보지도 못하게 막았다.

그 영향으로 한국의 경제는 상당한 피해를 입었다.

하지만 아이러니하게도 한한령이 한국에게만 피해를 준 것은 아니었다.

중국공산당의 명령에 착실히 따르는 일부의 중국인들도 있었지만, 자국의 식품이나 물건에 대한 믿음이 없는 사람들은 오히려 더 한국산 제품을 찾는 기현상이 벌어졌다.

그렇게 대부분의 중국인들이 겉으로는 중국 정부의 명령을 따르는 듯하면서도 뒤로는 계속해서 한국을 찾았다.

다행이 한한령은 얼마 지나지 않아 사라졌지만, 얼마

전부터 또다시 중국이 제2의 한한령을 선포할 것이라는 소문이 돌기 시작했다.

이로 인해 대한민국의 주식시장은 심한 몸살을 앓았다.

그도 그럴 것이, 한국은 무역으로 먹고사는 나라였고 미국과 EU, 그리고 중국의 영향을 받지 않을 수가 없기 때문이다.

이번 경제적 보복 조치의 이유는 앞선 것보다 더 어처구니없었는데, 한국의 신무기 개발이 동북아시아의 안정을 위협한다는 것이다.

이는 사실 중국이 겉으로 내세운 억지 이유에 불과했다.

최근 중국은 인도와 국경 분쟁을 하고 있었다.

그리고 그 일환으로 자신들의 최신 자주포로 인해 인도가 큰 피해를 입었다고 뉴스에 대대적으로 선전했다.

하지만 얼마 지나지 않아 반대로 인도의 반격에 자신들이 큰 피해를 입었다는 사실이 뒤늦게 알려졌다.

이때 인도군이 사용한 무기가 K—9 바지라로 개명된 바로 한국의 명품 자주포인 K—9 썬더였다.

중국은 이 자주포의 반격으로 상당한 물자와 인명 피해를 입고 말았다.

이러한 사실이 국내는 물론이고, 외국까지 알려지면

서 한국 자주포의 위상을 높여 주었다.

이전까지 중국이 우위를 점하던 국경 분쟁에서 한국의 자주포로 인해 역전됐기 때문이다.

다시 한번 한국으로 인해 국제 사회에서 망신 아닌 망신을 당한 중국으로서는 스스로의 위신을 세울 필요성이 생겼다.

중국은 이후로 자국산 무기와 비교되는 한국산 무기들을 폄하하며 정신 승리를 하기 시작했다.

이러던 찰나에 한국에서 새로운 전투기인 KF—21 보라매가 개발된 것도 모자라 두 달 만에 다른 전투기의 출고식을 하자, 한국이 동북아의 안정을 깨트린다며 비난하는 것에 박차를 가했다.

사실 동북아시아를 위협하는 나라는 다른 나라도 아닌 중국 자신들이었다.

한국은 핵무장을 무기 삼아 체제의 안전을 보장받으려는 북한으로부터 안보를 확보하려고자 신무기를 개발했다.

방위 산업의 확장 또한 쓸데없는 외화 지출을 막기 위한 방편이었다.

그에 반해 중국은 공산당 독재 체제를 유지하기 위해 자국민에 대한 박해는 물론이고, 소수민족의 전통을 무시했으며 인도와도 국경 분쟁까지 일으켰다.

또 낙후된 나라에게 경제 지원이라는 가면으로 접근하여 그 나라의 자원을 독식하는 불량 국가였다.

그러면서 한국에게는 평화를 위협한다는 누명을 씌우고 있었다.

***

수호는 느닷없이 걸려온 홍진호 부사장의 연락에 급히 SH항공으로 향했다.

KFA—01의 시제기 출고식을 성공적으로 마치면서 200대라는 경이적인 판매 계약을 해낸 뒤, 수호는 모든 SH항공의 일에서 손을 떼고 대부분의 일을 부사장인 홍진호에게 맡겼다.

장군회의 고문인 김종찬으로부터 미사일 방어 시스템을 만들어 달라는 의뢰를 받아 회사에 신경 쓸 겨를이 없었기 때문이다.

수호는 본인이 없더라도 SH항공의 부사장인 홍진호가 잘 운영을 할 것이라 믿었다.

그런데 한밤중에 느닷없이 그로부터 연락이 온 것이다.

급히 사장인 수호와 의논을 해야 할 상황이 발생했다고 하는데, 그는 짚히는 구석이 없었다.

"혹시 무슨 일인지 파악한 게 있어?"

수호는 SH항공으로 가면서 슬레인에게 물었다.

[저 또한 아는 바가 없습니다.]

슬레인이 아무리 뛰어난 인공지능이라지만, 신이 아니기 때문에 지금 일어나는 모든 정보를 알 수는 없었다.

게다가 슬레인이 스스로 몸을 만들기 위해 수많은 연구를 하고 있으면서도 자신을 돕기 위해 많은 시간을 할애한다는 것을 수호는 잘 알고 있었다.

그럼에도 혹시나 하는 심정에 물어본 것이었다.

"하긴… 너도 나랑 함께 있었으니 외부의 일은 잘 모르겠지."

수호는 그렇게 아무런 정보 없이 SH항공으로 향하게 되었지만, 그렇다고 걱정하지는 않았다.

전화를 건 홍진호의 목소리가 불안감이나 두려움보다는 무언가에 흥분한 것임을 알았기 때문이다.

***

자신의 애마인 우라노스를 달려 도착한 SH항공의 사무실.

안으로 들어가니 부사장 홍진호가 가장 먼저 수호를

반겼다.

그의 뒤로는 외교부 차관 최종문, 그리고 대만의 부총통인 양상궈 일행이 자리하고 있었다.

[홍진호 부사장의 오른쪽에 있는 사람은 외교부 차관인 최종문이고 그 맞은편에 앉아 있는 사람은 대만의 부총통 양상궈입니다.]

사무실로 들어선 수호의 뇌리에 슬레인의 설명이 들려왔다.

"아… 사장님, 오셨습니까. 여기 계신 분은…….."

자리에서 일어선 홍진호가 얼른 수호를 맞이하며 사무실에 있던 사람들을 소개하였다.

"안녕하십니까? 만나서 반갑습니다."

수호가 대만에서 온 양상궈를 보며 중국어로 인사하자, 그를 비롯한 모든 사람들이 깜짝 놀랐다.

그도 그럴 것이, SH항공의 사장인 수호를 기다리며 이곳에 모인 사람들은 여러 이야기를 나눴지만, 그가 중국어를 한다는 말은 없었기 때문이다.

부사장인 홍진호가 얘기하기로 수호는 대표 자리를 그저 차지하고 있는 것이 아니라 전투기의 설계에도 능통한 천재 엔지니어였다.

그리고 양상궈 부총통의 의전을 맡은 외교부 차관 최종문도 자신이 알고 있는 수호에 대한 이야기를 조금 말하였다.

이를 들은 양상궈 부총통이나 그의 일행들은 하나같이 깜짝 놀랐다.

대만도 자주국방을 위해 자체적으로 전투기를 개발한 전례가 있어 그것이 얼마나 어려운 일인지 너무도 잘 알고 있었다.

대만의 K—CK—1 경국 전투기는 당시 서방세계의 주력 전투기라 할 수 있는 F—16이나 F/A—18 급으로 개발하려 했지만, 미국이 강력한 전투기 엔진을 수출하지 않아 그보다 못한 상업용 제트기의 엔진을 도입했다.

애프터버너를 추가하여 엔진을 개발하다 보니 제대로 된 추력을 만들어 낼 수 없었고, 당연하게도 제대로 된 성능 또한 발휘할 수 없었다.

초기 개발은 F—16급이었지만, 결국 그에 미지치 못하는 전투기가 되었다.

하지만 당시의 대만 정부로서는 선택의 여지가 없었다.

결과적으로 뒤늦게 부시 행정부에 와서야 F—16을 판매하였고, 또 프랑스에서 미라주 2000—5가 도입되면서 K—CK—1의 생산이 중단되었다.

한마디로 대만 정부는 미국의 정책으로 인해 피해를 본 것이었다.

그나마 시간이 흐르고 미국 행정부의 정책이 다시 중국공산당을 견제하는 것으로 돌아서면서 어느 정도 대만에 도움이 되고 있긴 했다.

하지만 대만 정부 내에선 예전 미국 정부의 변심을 잊지 않는 이들이 꽤 많았다.

그에 반해 가장 늦게까지 손을 잡아 준 한국에 관해서는 이미지가 많이 바뀌었다.

예전처럼 '배신자'라는 생각보다 '그래도 의리가 있는 나라'라는 생각을 가지게 된 이들이 많아진 것이다.

그렇기에 양상궈 부총통이 SH항공의 KFA—01 편전의 면허 생산을 따내기 위해 온 것이다.

대만은 비록 많은 나라로부터 공식적으로 인정받지 못했지만, 자주적으로 세운 정부와 투표를 통해 그들의 대표인 총통을 뽑는 민주적인 나라다.

그런 나라의 부총통이 직접 움직이는 것을 통해 사실상 이들이 얼마나 이번 일을 중요하게 생각하는지 알 수 있었다.

그런데 수호가 중국어로 인사하자, 인정받는다는 느낌을 받아 그에 대한 호감도가 확 올라갔다.

"우리말을 잘하시네요."

다른 나라 사람들도 그렇겠지만, 대만인도 자국의 언어에 대한 자부심이 무척이나 강한 사람들이었다.

"세계적으로 영어나 스페인어와 함께 가장 많은 사람들이 사용하는 언어 중 하나이지 않습니까?"

"그렇지요."

중국어는 영어 다음으로 세계에서 가장 많이 쓰이는 언어였다.

물론 중국어를 사용하는 중국인의 숫자가 그만큼 많기 때문이지만 말이다.

"그런데 언뜻 듣기로 부총통님께서 저희를 찾아오신 이유가……."

수호는 어느 정도 가벼운 인사치레가 끝나자, 본격적으로 협상을 진행하기 위해 이들이 무슨 일로 찾아온 건지 확인했다.

부총통 또한 본제로 들어가 전투기의 구매 의사를 밝혔다.

"어느 정도 정보를 알아보시고 오셨겠지만, 현재 저희는 미국을 비롯한 여러 나라와 납품 계약을 체결한 상태입니다. 지금 당장 계약하셔도 양산된 전투기를 인도받기까지 최소 2년은 기다리셔야 할 겁니다."

KFA—01의 특수한 설계로 인해 제작 기간이 상당히 짧아졌다고는 하지만, 그래도 최첨단을 달리는 물건이다 보니 꽤 오랜 시간이 필요했다.

더욱이 SH항공에서 지금까지 계약한 전투기의 숫자

는 무려 200대에 이르렀다.

막말로 한 달에 열 대씩 생산한다 해도 그 물량을 모두 납품하는 데 무려 20개월이 걸린다는 뜻이다.

"물론 정상적인 계약이라면 그렇게 되겠지요."

양상귀는 수호의 이야기를 조용히 듣고 있다가 한마디 하였다.

그런 그의 말에 수호는 순간적으로 번뜩이는 느낌을 받았다.

'돈이 될 것 같다.'

아니나 다를까, 양상귀 부총통의 입에서 이어져 나온 다음 말은 상당히 파격적인 내용이었다.

"우린 당신들이 개발한 KFA—01 편전의 라이선스 계약을 원합니다."

지상 시험과 비행 시험도 끝나지 않은 KFA—01을 면허 생산을 하겠다는 소리에 가장 놀란 것은 다른 누구도 아닌 홍진호였다.

그는 SH항공의 부사장이지만, 전투기 판매와 같은 일에 대한 전문적인 지식을 가지고 있지 않았다.

하지만 모든 시험이 끝나지 않은 전투기의 면허 생산에 대해 계약하는 것이 얼마나 미친 소리인지 정도는 알 수 있었다.

'면허 생산?'

한편, 대만 부총통 일행의 안내를 맡아 함께 이 자리까지 온 최종문 외무부 차관은 방금 전 양상궈 부총통의 이야기를 곱씹고 있었다.

겉으로 표현하진 않았지만, 무척이나 중요한 이야기가 오간다는 것을 알았기 때문이다.

그렇지만 현재 그가 할 수 있는 일은 아무것도 없었기에 그저 조용히 지켜보기로 하였다.

"아직 지상 시험과 비행 시험을 마치지 못했다는 것을 아시지 않습니까? 그래도 상관이 없으신 겁니까?"

양상궈 부총통의 말을 들은 수호는 조심스럽게 물었다.

자신과 슬레인이 설계했기에 KFA—01의 성능에 대한 걱정은 하지 않았다.

하지만 모든 시험이 끝난 것이 아니기에 다른 이들은 의문을 가질 수밖에 없었다.

수호는 그런 기체의 면허 생산을 계약하자는 의도가 궁금해졌다.

"직접 본 것은 아니지만, 귀사의 KFA—01의 시제기 출고식에 대한 정보는 모두 받아 보았습니다."

양상궈는 자신이 무엇 때문에 대만의 대표로 이곳을 찾은 것인지 차분하게 이야기하였다.

이를 듣던 수호의 머릿속에 또 다른 생각이 자리 잡

174 울트라 코리아

기 시작했다.

'잘하면 다른 것도 판매할 수 있을 것 같은데?'

현재 대만이 처한 상황과 이를 극복하려는 정부의 의지를 알게 된 수호는 이들이 자신이 개발한 물건의 새로운 판매처가 될 수 있다는 사실을 깨달았다.

더욱이 현재 대만은 중국으로부터 많은 위협을 받고 있었다.

하루에도 몇 번씩 대만해협을 가로질러 접근하는 중국의 전투기와 군함들로 인해 사람들은 노이로제에 걸릴 지경이었다.

***

차잉원 총통은 한국에 파견한 양상궈 부총통이 돌아와 올린 보고를 두고 심각한 고민에 빠졌다.

양상궈 부총통은 자신들이 원하던 4.5세대 최신 전투기를 구해 온 것은 물론이고, 어쩌면 그보다 더 확실하게 자신들을 지켜 줄 수 있는 무기를 가져왔다.

다만, 이것에 대한 신뢰성이 걱정되기는 했다.

그도 그럴 것이, 양상궈 부총통이 가져온 것은 다름 아닌 포탄이었기 때문이다.

현재 자신들이 보유한 155㎜ 야포만 해도 200문에

달하고 미국으로부터 도입하기로 한 155㎜ 자주포 또한 200대나 되었다.

또한 구형인 M59를 155문이나 가지고 있는데, 이것은 최신형 M777로 교체할 예정이었다.

그러니 중국공산당에 맞서 강력한 한 방을 낼 수 있는 155㎜ 구경 견인포와 자주포의 전력이 모두 555문이란 것이었다.

'생각보다 괜찮을지도 모르겠군.'

포탄에 대한 설명을 듣기 전까지만 해도 차잉원 총통은 그리 큰 관심을 보이지 않았다.

최신 전투기의 면허 생산에 비해 별로 좋아 보이지 않으면서도 포탄 한 발당 가격이 무려 15만 달러로, 너무 비쌌기 때문이다.

이는 지금까지 나온 포탄 중 가장 최고가인 미국의 엑스칼리버 N5의 가격이 8만 달러인 것을 감안하면, 거의 두 배나 비싼 가격이었다.

미사일도 아니면서 포탄이 이렇게나 비싼 이유는 사거리와 정확도 때문이었다.

기존 포탄의 사거리가 최대 30㎞인 것에 반해 엑스칼리버 N5는 무려 50㎞의 사거리를 가졌다.

게다가 마치 미사일처럼 오차 범위 내에서 목표를 찾아가 타격해 오폭의 위험성과 무분별하게 소모되는 포탄이 줄어든다는 장점을 가지고 있었다.

한국은 오래전부터 이런 포탄을 미친 듯이 개발하여 화력 덕후로 널리 알려져 있었다.

그도 그럴 것이, 주변을 둘러싼 어떤 나라도 쉬운 상대가 없었기 때문이다.

특히나 6.25 사변 당시, 북한의 탱크에 속수무책으로 밀려 본 경험이 있는 대한민국 국방부로서는 그 어떤 나라보다 화력에 민감할 수밖에 없었다.

그래서 보다 강력한 화력을 추구하지만, 한편으론 한정된 예산 탓에 경제적인 무기를 만들 수밖에 없었다.

추가로 대한민국 국방부는 사거리를 연장할 수 있는 다양한 방법의 연구를 하였고, 그 분야에선 세계 선두 그룹에 들 정도의 성과를 냈다.

그렇게 만들어 진 것이 대포에서 발사되어 미사일처럼 먼 거리의 적을 공격할 수 있는, 사거리 100㎞의 초장거리 활공 유도 포탄이었다.

초장거리 활공 유도 포탄(GGAM)의 사거리는 지금까지 개발된 로켓 추진탄이나 초음속탄보다 길었다.

하지만 지금 양상궈 부총통이 가져온 것은 그보다 훨씬 엄청난 것이었다.

이 무기의 사거리는 무려 그것들의 세 배에 달하는 300㎞였다.

물론 검증된 게 아니라 제안한 SH항공(수호) 측의 주장이었지만, 만약 사실이라면 중국공산당의 위협을 막아 내는 데 아주 적합한 무기가 될 수도 있었다.

대만을 침공하기 위해선 180~200km밖에 되지 않는 대만해협을 건너야 했다.

때문에 이 포탄의 사거리가 300km라면 다가오기도 전에, 아니, 대만과 가까운 푸젠성 내에서 벌써 포격의 사정권에 들어간다.

때문에 쉽게 도발할 수가 없는 것이다.

물론 중국에는 대만 섬을 초토화할 수 있는, 무수히 많은 탄도미사일이 있기는 하지만, 그것을 함부로 쓸 수도 없었다.

만약 탄도미사일을 발사했다가는 국제적으로 질타를 받는 것은 물론이고, 대만의 뒤에 있는 미국과 태평양 안보를 위해 손을 잡은 국가들이 가만 있지 않을 것이기 때문이다.

지금이야 대만이 중국과 맞서 싸울 만한 무기가 없기에 중국이 수시로 도발하는 것이지, 만약 한국처럼 강력한 무기를 가지고 있다면 중국 또한 함부로 대만을 위협하지 못할 것이다.

차잉원 총통은 보면 볼수록 무기의 매력에 빠져드는 듯한 느낌을 받았다.

그렇지만 가격이 문제였다.

"총통, 이 두 무기만 있으면, 우리가 굳이 미국에 아쉬운 소리를 해 가며 비싼 무기를 무리하게 들이지 않아도 됩니다."

양상궈는 얼마 전 한국에서 협상을 벌이며 들은 이야기를 떠올리며 차잉원 총통을 설득했다.

사실 양상궈 부총통은 미국을 믿지 않았다.

대만이 지금과 같은 처지가 된 원인은 사실 미국에게 있었다.

제2차 세계대전 당시 미국이 일본과 전쟁할 때 함께 싸운 것은 중국공산당이 아니라 자신들이었다.

하지만 시간이 지나자, 소련을 견제하기 위해 미국은 중국공산당을 자신의 편으로 끌어들였다.

그 과정에서 대만은 미국에게 버림받았다.

그런데 시간이 흘러 자신들이 키운 중국공산당이 턱밑까지 추격하고 위협하자, 그제야 자신들을 찾는 미국에게 대만의 부총통으로서 그리 고맙거나 반갑지만은 않았다.

"그들은 우리에게 가해지는 위협을 가지고 돈 벌 생각만 하고 있습니다. 하지만 한국은 그렇지 않습니다."

한국에 가기 전까지만 해도 중립 노선을 고수하던 양상궈는 어느새 친한파 인사가 되어 있었다.

이런 양상궈 부총통을 보는 차잉원 총통은 두 눈을 반짝였다.

'이 사람이 한국에서 무엇을 보았기에……'

차잉원 본인이 생각하기에도 한국은 참으로 대단한 나라였다.

한때는 자신들의 원조를 받는 나라였는데, 어느 순간부터 자신들을 넘어서더니 이제는 경제 대국인 일본까지 추월했다.

한때 아시아 전역을 집어 삼킬 뻔한 일본, 세계 최강 미국과 전쟁을 벌일 정도로 무섭던 그들은 패망 후에도 기회를 잡아 아시아 최고의 자리에 다시 한번 올라섰다.

시대가 바뀌면서 무기가 아닌 경제력으로 최고의 자리에 오른 일본은 아시아에서 가장 발전한 나라였다.

첨단산업인 반도체와 자동차는 물론이고, 선박과 우주 발사체까지 자체 기술력으로 만들어 내는 선진국이었다.

하지만 너무도 빠르게 발전을 해서 그런지 일본인은 자신들의 부에 취해 정체되었다.

그렇게 일본과 다른 아시아의 네 용이 쌓은 부를 주체하지 못하고 더디게 발전을 할 때, 그 옆에 있던 한국은 일치단결하여 급속한 선진화를 이룩했다.

물론 중간에 함정에 빠져 헛발질을 하긴 했지만, 그래도 한국인들은 아시아가 겪은 경제 위기를 신속히 탈출하여 지금은 함부로 할 수 없는 나라가 되었다.

기회가 있을 때마다 그들로부터 배워야 한다고 연설할 정도로 차이원 총통은 그런 한국이 부러웠다.

그럴 때마다 자신의 이야기에 귀 기울이지 않던 양상귀 부총통이 처음으로 자신의 말에 동의했다.

"우리는 그동안 옛 영화에 빠져 현실을 잊고 있었습니다. 하나의 중국은 없습니다."

양상귀 부총통은 1997년 영국으로부터 중국으로 반환된 홍콩을 들먹이며, 그동안 야당 정치인들이 주장하던 하나의 중국이라는 원칙이 얼마나 허무한 것인지 주장했다.

그러면서 자신들의 힘이 없다면 중국공산당은 대만을 홍콩처럼 만들 것이라 주장했다.

"저들이 우릴 홍콩처럼 만든다면, 우리도 대륙의 동포처럼 자유가 뭔지 모르는 상태가 되겠지요."

"하지만 동시에 사업을 진행하기에는 예산이……."

차잉원 총통은 자신도 왜 바로 채택하지 못하고 있는 것인지 이야기하였다.

결국 모든 것은 예산이 좌우하는 것이다.

***

아레스의 사장, 심보성은 심각한 표정으로 수호를 쳐다보았다.

ADD와 주)화산, 그리고 주)대화에서 극비리에 개발하던 차세대 사거리 연장탄보다 더 사거리가 긴 초장거리 포탄을 이미 개발해 두었다는 것을 알고 그러는 것이다.

심보성 사장이 비록 예편하여 PMC를 차리긴 했지만, 이는 어디까지나 대외적으로 보여 주기 위한 위장이었고, 사실 대한민국 정부가 나설 수 없는 부분에 PMC를 내세워 국익을 도모하고 있는 것이다.

심보성은 수호가 작전 중 부상으로 인해 안 좋게 군대를 나갔어도 국가에 대한 애국심은 남아 있다고 생각했다.

하지만 이번 소식을 들은 뒤로는 자신이 생각하던 것과 뭔가 다름을 깨닫고 알 수 없는 이질감을 느꼈다.

그래서 수호를 찾아와 자신이 설득될 만한 무언가를 구하고자 했다.

"뭘 그리 노려보십니까?"

자신을 노려보는 심보성을 보며 수호는 담담한 표정으로 물었다.

"단도직입적으로 하나 물어보자."

다른 때 같았으면 수호에게 존칭을 사용하겠지만, 심보성은 그가 자신의 밑에 있던 시절의 군대 말투로 이야기를 꺼냈다.

"네 목적이 뭐냐?"

지금까지 수호의 행보는 그가 알던 시절과 매우 달랐다.

느닷없이 최신형 전투기를 개발하고, 얼마 지나지 않아 세계 어느 나라도 실현하지 못한 사거리 300㎞의 초장거리 포탄을 개발했다.

심보성은 수호가 자신이 알던 그가 맞는지, 그리고 그 목적이 무엇인지 가늠할 수 없었다.

보물을 가지고 있는 것은 무척이나 좋은 일이다.

하지만 지키지 못할 보물을 가지는 것은 화를 키우는 일이었다.

방탄 스프레이의 경우만 해도 세계 최강 국가인 미국도 탐을 낼 만한 물건이었다.

그렇지만 그 정도라면 굳이 뺏으려 들기보다는 체면을 위해 구입하여 사용하는 더 이득이기에 넘어갈 수 있었다.

그리고 4.5세대 최신 전투기의 경우에도 탐은 나지만, 전투기 제조사를 보유한 국가들 또한 시간만 주어진다면 충분히 그 이상의 것도 만들어 낼 수 있기에 넘어갔을 테고.

하지만 이번만은 넘어갈 수가 없었다.

그도 그럴 것이, 미사일도 아닌 것이 무려 300㎞나 날아가서 목표 지점에 정확히 떨어진다.

만약 상세한 정보가 미국의 귀에 들어가게 된다면, 어떤 상황이 벌어질지 장담할 수 없었다.

더욱이 현재 이슈가 되고 있는 것들을 만들어 낸 사람이 모두 수호라는 것을 알게 된다면, 미국은 그를 가만 놔두지 않을 수도 있었다.

그도 그럴 것이, 만약 수호가 지금까지 만들어 낸 것이 중국이나 러시아와 같은 미국과 대립하는 나라에 들어가면, 현재 미국이 누리는 독보적인 지위가 위협 받을 수도 있기 때문이다.

그리고 미국은 이런 일이 벌어지지 않게 하기 위해 처음에는 회유할 것이다.

하지만 수호의 성향상 누군가 자신을 억압한다면 참지 못하고 반발할 것이 분명했다.

그렇지만 상대는 미국이다.

자국의 이익을 위해선 동맹국 수장의 집무실까지 도청하고 자국민의 통화까지 들여다보는 나라가 바로 미국이었다.

반면, 다른 나라가 그런 행동을 한다면, 즉시 제재하고 보복하는 나라였기에 심보성은 걱정되었다.

그래서 물은 것이다.

무엇을 노리기에 이와 같은 일을 벌이고 있느냐고 말이다.

"제가 무엇을 하고 있는 것 같습니까?"

수호는 자신을 노려보며 질문하는 심보성을 마주 보며 되물었다.

자신이 무엇을 하고 있는 것처럼 보이느냐고 말이다.

"능력이 있어도 다른 사람의 시선이 두려워 행하지 않는다면, 그건 능력이 없는 것만 못합니다. 그리고 왜 우리가 다른 나라의 눈치를 봐야 합니까?"

심보성이 무엇 때문에 자신을 찾아와 이런 말을 하고 있는지 수호는 잘 알고 있었다.

단계를 건너뛰려는 자신의 행보를 불안해하고 있는 것이다.

하지만 수호는 이것이 단계를 건너뛰는 행위라고 생각하지 않았다.

수호가 느끼기에 최근 조국을 둘러싼 정세가 심상치 않았다.

대한민국의 바로 위에 있는 북한은 계속된 흉년과 무리한 핵개발로 인해 경제가 무너졌다.

주민들에게 배급할 식량은 물론이고, 군대에조차 제대로 보급하지 못하고 있는 실정이다.

그 때문에 예전에는 무력으로 불안정한 여론을 찍어 눌렀지만, 그 군인들이 오히려 체제에 저항하고 있었다.

그리고 중국의 경우, 미국과 패권 경쟁을 하는 와중에 번진 전염병의 대유행으로 민심이 어지러웠다.

게다가 대유행이 전 세계로 퍼지면서 국제사회에서는 사면초가에 이르기까지 했다.

심지어 이런 어려움을 해결하기 위해 무리수를 두는 중이었다.

일본 또한 정치적으로 과욕을 부리고 있었다.

2011년에 발생한 대지진으로 인해 일본 후쿠시마의 원전에서 원자로가 폭발하는 사고가 발생했다.

그 뒤로 10년이 지났지만, 아직 해결책은 보이지 않았다.

다른 사고도 아니고 원자로가 폭발한 사고였는데, 일본 정부와 사업 주체인 도쿄전력은 사고의 규모를 줄이는 데만 급급했고, 대책도 없이 방사능에 오염된 후쿠시마의 흙과 오염 물질을 그냥 땅에 묻어 버렸다.

그것도 일본의 전국 각지의 유치원과 초등학교 운동장에 말이다.

더욱 황당한 것은 사고가 난 원자로의 연료봉 온도를 낮추기 위해 사용한 폐수를 그냥 바다에 흘려보내겠다고 발표한 것이다.

주변국들은 반발했지만, 내정간섭 하지 말라며 막무가내로 방류 계획을 추진했다.

일본의 헛짓은 그것만이 아니었다.

중국에서 시작된 전염병 사태는 일본에서도 기승을 부리고 있지만, 수많은 사망자가 속출하는 와중에도 올림픽을 치르고 말겠다는 의지를 표하고 있다는 것이다.

올림픽을 보기 위해 일본을 찾을 외국인들의 안전을 담보로 돈을 벌겠다는 생각이었다.

이는 마치 제2차 세계대전 직전, 일본 정부가 보여주던 행태와 무척이나 유사했다.

더욱이 한국을 긴장케 하는 것은 미국도 다름없었다.

이런 주변국의 이상행동에 위기감을 느낀 수호는 조국과 주변을 지키기 위해서 강력한 힘이 필요하다고 느꼈다.

때문에 뿌리기만 해도 방탄 효과가 있는 스프레이를 개발했고 보다 강력한 폭발력을 가진 화약도 만들어 냈다.

그리고 이 일의 연장선이 최신형 전투기와 괴물 같은 사거리를 가진 포탄이었다.

하지만 심보성이나 다른 사람이 알지 못하는 사실이 하나 더 있었다.

그것은 바로 대만에 제시한 초장거리 유도포탄이 사실 시험작에 불과하다는 것이다.

수호에게는 그보다 더 강력한 신형 포탄은 물론, 그것을 발사할 대포도 개발이 완료되어 있었다.

7. 심보성의 마음을 얻어라

심보성이 사실 수호에게 물어보고 싶은 것은 그런 것
이 아니었다.

 자신의 부하로 있을 때, 수호는 매우 든든하고 믿음
직스러운 수하였다.

 어떤 어려운 작전에 투입해도 무조건 성공했기에, 잘
못된 정보를 가지고 작전에 투입되었다가 부상을 당해
돌아왔을 때는 참으로 미안했다.

 뿐만 아니라 그 뒤로 어처구니없게 강제 전역을 하게
된 것은 물론, 그 처우까지 형편없었다는 이야기를 전
해 들었을 때는 피가 거꾸로 솟는 것 같았다.

그 일로 예편을 결심했고, 상부의 만류에도 불구하고 군을 나왔다.

자신의 잘못된 판단으로 인해 유능한 부하가 부상을 입었다는 죄책감과 부상으로 전역한 무공훈장까지 받은 엘리트가 받은 처우에 대한 울분을 느꼈기 때문이다.

그런 심보성이었기에 수호에게 이런 질문을 하는 것이 미안하기도 했고, 부담스럽기도 했다.

하지만 묻지 않을 수가 없었다.

현재 수호가 만든 것들은 수십 년 동안 한 분야에서 노력해도 만들 수 있을지 모를 걸작들이었다.

처음 방탄 스프레이를 가져왔을 때만 해도 솔직히 놀라긴 했지만, 그러려니 하였다.

수호의 집안이 재벌은 아니었지만, 준 재벌급에 속한다는 것을 알고 있었기 때문이다.

또한 집안이 화학 회사를 운영하고 또 연구소까지 따로 있음을 알기에 그저 그곳에서 개발한 것이라 생각했다.

하지만 뜬금없이 항공기 제작 회사에 사장으로 취임을 하더니 느닷없이 전투기 개발을 한다는 것이 아닌가?

너무도 황당한 수호의 행보에 놀라면서도 한편으로는 기대하기도 했다.

뭔가 생각이 있으니 그런 것이라 판단했기 때문이다.

그렇지만 불과 2년도 되지 않은 시간 안에 결과를 낼 것이라고는 상상하지 못했다.

전투기라는 것은 개발하고 싶다고 해서 뚝딱 하고 만들어 낼 수 있는 물건이 아니었다.

최신 전투기를 개발한다는 것은 노하우를 가지고 있다 해도 최소 10년은 연구하여야 결실을 맺을 수 있었다.

물론 그것만으로 끝나는 것이 아니라, 시제기를 완성한 뒤에 지상 테스트만 2년 정도 진행을 한다.

게다가 지상 테스트가 끝나면 본격적으로 비행 테스트를 진행해야만 했고, 이 또한 2~3년 정도가 소요됐다.

물론 이는 시제기를 적게 만들었을 때의 예시에 불과했다.

수호는 이런 지상 테스트와 비행 테스트를 무려 여섯 기의 시제기를 만들어 한 번에 진행했고, 덕분에 긴 기간의 테스트를 효과적으로 압축할 수 있었다.

이런 계획이 있었기에 수호는 정식으로 지상 테스트를 하지 않은 상태에서 출고식 날 시제기의 비행 이벤트를 하였다.

그 결과는 너무도 놀라웠다.

SH항공이 개발한 KFA—01의 시범 비행을 본 사람들은 그 자리에서 구매 계약을 하였고, 무려 200대 가까운 계약이 성사되었다.

그리고 며칠 뒤 미군에서도 소요 제기와 함께 시제기 네 대를 구매하고 싶다는 의사를 타진했다.

이 때, 다른 방위 산업체라면 바로 미군의 요구를 수락하며 최고로 대우해 줬겠지만, 수호는 그럴 생각이 없었다.

오히려 원칙을 따지며 가장 늦게 계약했으니 순서대로 KFA—01을 받을 것이라 얘기했다.

하지만 현재 5세대 스텔스 전투기들의 대안을 찾고 있는 미군의 입장에선 한시가 급했다.

물론 미국도 다른 방안이 없는 것은 아니었다.

록히드나 빅 윙 같은 거대 전투기 제작사에게 의뢰하거나, 그보단 작아도 우수한 비행기 제작사가 더 있었다.

그들 중 한 군데를 선정하거나 컨소시엄을 형성해 경쟁을 시킨다면 비슷한 성능의 기체를 만들 수 있을 것이다.

다만, 시간이 문제였다.

지금 당장 경쟁을 시작한다 한들 언제 그 기체가 만들어질지 예측할 수 없었고, 만들어졌다한들 이미 한국이 개발한 KF—21이나 KFA—01이 시장을 점유하고 있을 것이 분명했다.

그렇다고 현재 미국이 가지고 있는 4.5세대 전투기인 F—15EX를 사용하기도 힘들었다.

F—15EX는 미 공군이 요구하는 성능은 구현됐지만, 가격은 그렇지 못하기 때문이었다.

운용 유지비 또한 5세대 스텔스 전투기에 비해 싸기는 하지만, 기존 F—15에 비하면 비쌌다.

한국이 개발한 기체들의 가격이 워낙 저렴하다 보니 시장 경쟁력이 매우 떨어지는 것이다.

그동안 미군은 전투기와 같은 첨단 무기들은 자국에서 생산된 제품만 고집했지만, 이번만큼은 대안이 없기에 SH항공으로부터 시제기 네 대를 구매한 것이다.

게다가 시제기를 누구보다 빨리 받기 위해 미 공군이 운용하는 공대공, 공대지, 공대함미사일 등 다양한 무기들의 소스 코드를 자신들의 예산으로 통합한다는 파격적인 조건을 내세웠다.

심보성은 이를 무작정 좋은 일이라 판단하지 않았다.

이미 미국은 여러 경로를 통해 KFA—01의 개발 기간이 비정상적이라는 것을 확보했고, SH항공, 나아가 대한민국이 미국의 전투기 제작사인 록히드나 빅 윙의 최첨단 기술을 해킹했다 의심하고 있었다.

해커를 통해 전투기 제작 기술을 빼돌려 개발한 것이 아니라면, 2년이라는 짧은 기간 내에 최신형 4.5세대 전투기를 개발할 수 없다 생각한 것이다.

실제로 KAI나 공군 내부에서도 이와 비슷한 목소리가 나오기도 했다.

다만 같은 나라에 있는 기업이기에 입 밖으로 떠들지는 않았지만, 많은 이들이 그렇게 의심하고 있었다.

그리고 일부 강경론자들은 만약 이것이 사실이라면 국제적 망신을 당하기 전에 스스로 특검을 도입해서라도 조사해야 한다는 목소리를 내세웠다.

하지만 그들은 하나만 알고 둘은 모르는 사람들에 불과했다.

오히려 일부에선 그들과 반대로 그런 기술을 빼 온다 한들 자체적인 기술력이 없으면 전투기를 절대 만들 수 없다고 주장했다.

그러니 개발 기간이 짧은 것에 의혹이 일기는 하지만 일단 SH항공을 지켜야 한다고 주장하였다.

이런 이야기가 오가던 와중 이번에는 무려 사거리가 300㎞나 되는 초장거리 정밀 유도포탄이 튀어나왔다.

현재 대포에서 발사되는 포탄 중 가장 멀리 나가는 것은 미국 레이시오와 노르웨이의 람모사가 공동으로 개발한 XM—1155 로켓추진탄이었다.

아니, 정확하게는 로켓이 아니라 램제트 엔진이 장착된 포탄이다.

대포의 발사에서 얻어지는 속도에 램제트 엔진의 힘까지 더하여 사거리를 늘린 것이 XM—1155 포탄이다.

대한민국 또한 오래전부터 미국처럼 포탄의 사거리를 늘리기 위해 다양한 연구를 해 왔다.

미국처럼 램제트 엔진을 도입하기도 했고, 포탄 뒤에 로켓 부스터를 장착하기도 했다.

하지만 이것들은 명중률이 현저히 떨어지기에 양산에 들어가지 못했다.

사거리가 길어질수록 엔진의 진동이나 로켓 부스터의 강력한 추진력 때문에 목표와의 오차가 벌어졌다.

그렇다고 초음속으로 날아가는 포탄에 GPS를 장착하는 것도 쉽지 않았다.

그 때문에 대안으로 나온 것이 아직 개념만 만들어진 활공유도곡사포탄이라 불리는 GGAM이었다.

그런데 수호는 이런 무기를 만든 걸로 모자라 사거리도 무려 세 배나 늘려 버렸다.

최첨단 무기 기술을 가진 미국과 소련은 물론, 그들을 따라잡기 위해 막대한 예산을 투입하고 있는 중국도 해내지 못한 것을 수호가 완성한 것이다.

게다가 이 또한 국방부나 대기업의 지원을 받지 않고

수호 혼자서 완성했다.

만약 이러한 사실이 알려지게 된다면 어떤 일이 벌어질지 예측할 수 없었다.

300㎞의 사거리를 가진 포탄이라면 전쟁의 양상을 바꾸어 버릴 수도 있는 무기이기 때문이다.

핵폭탄만큼은 아니지만 어떻게 보면 그보다 더 위험할 수도 있었다.

핵폭탄은 사용하기보다 가지고 있을 때 더 큰 영향력을 행사하는 무기인데 반해, 재래식 무기에 속하는 이 포탄은 전장 어느 곳에서나 고민하지 않고 사용할 수 있다.

물론 포탄 안에 전술핵을 넣고 사용한다면 문제가 되겠지만, 일반 TNT를 사용한다면 해결될 가벼운 문제였다.

이 때문에 중국은 물론이고, 동맹인 미국도 한국이 이런 포탄을 대만에게 판매하는 걸 그리 달가워하지 않을 것이 분명했다..

그리고 현재 독도를 두고 첨예하게 대립하는 일본도 분명 가만히 두고 보지는 않을 것이다.

때문에 심보성은 이래저래 신경이 쓰였고, 수호에게 막무가내로 윽박지르듯 물어보는 것이었다.

그리고 그가 원하는 것이 무엇인지, 어떤 결과를 예

상하고 있는지 궁금하기도 했다.

그런 심보성 사장의 질문에 수호는 단호하게 대답했다.

"자주국방. 어떤 세력에도 결코 고개를 숙이지 않는 조국을 보고 싶습니다."

수호는 한 치의 양보도 없이 심보성의 두 눈을 뚫어지게 쳐다보며 답변했다.

외세에 기죽지 않은, 오래전 저 드넓은 대륙을 질타하던 조상들이 그런 것처럼 대한민국 국민들이 자신감 있게 세계를 활보하는 모습을 보고 싶다고 말하였다.

그러기 위해 자신은 알고 있는 것, 알아낸 것 등 모든 역량을 총동원하여 그렇게 만들겠다는 이야기를 들려주었다.

어떻게 보면 무모해 보이는 계획이 아닐 수 없었다.

"이게 뭔지 아십니까?"

수호는 자신의 책상에서 무언가를 꺼내 보이며 물었다.

그의 손에 들린 것은 중국 공항에서 누군가 그의 외투 주머니에 넣은 USB였다.

"USB아닌가?"

심보성은 자신에게 저장 장치를 보이는 수호가 뜬금없게 느껴졌다.

"네, 그런데 이 안에는 참으로 놀라운 정보들이 들어 있더군요."

"응? 그건 또 무슨 소린가?"

그는 무언가 핀트가 맞지 않는 것 같은 위화감을 느꼈고, 자신의 물건이라면 저렇게 이야기할 리가 없다는 사실을 깨달았다.

"이 USB는 중국에 갔다가 우연히 얻은 물건입니다."

"그런데?"

"사장님도 제가 무엇 때문에 중국에 갔는지는 아시고 계실 겁니다."

수호의 말에 심보성은 조용히 고개만 끄덕이며 긍정했다.

"당시 전 중국에만 가면 충분히 그놈을 잡을 수 있을 것이라 생각했습니다. 하지만 중국은 넓더군요."

조금 전의 자신감 있는 모습과 다르게 2년 전 주상욱을 잡기 위해 중국에 다녀온 이야기를 하는 수호의 목소리는 약간 자조적인 분위기를 풍겼다.

"물론 그를 잡을 뻔 했지만, 우연히 엮인 사건 때문에 결과적으로 놈을 놓쳤습니다. 그래서……."

자신이 중국에서 겪은 경험을 이야기하던 수호는 그 당시의 일들이 하나하나 떠오르며 입가에 미소가 살짝 걸렸다.

'그러고 보니 링링은 지금 뭘 하고 있을까?'

중국에서 돌아오며 만난 그녀의 얼굴이 떠올랐다.

중국공산당은 타국의 기술을 탈취하기 위해 자국의 돈과 미인을 사용해 세계 각국의 인재들을 유혹하고 있다.

그들은 이를 천인계획이라 부르며 당하는 사람들도 중국공산당이 주도하여 벌이는 범죄행위라는 것을 모르게 진행하고 있었다.

링링도 천인계획의 일부로, 미녀이며 연예인인 그녀가 접근한다면 사람들이 방심할 것이라 생각하여 한국에 보내졌다.

수호는 우연히 비행기 안에서 자신을 아는 척하는 그녀를 만났고, 슬레인을 통해 그녀의 뒷조사를 하는 과정에서 그녀가 천인계획과 연관이 있음을 알아냈다.

하지만 우연히 얻은 USB에 정신을 쏟는 바람에 잠시 잊고 있었다.

간간이 유명한 과학자나 교수들이 중국의 천인계획에 넘어가 국가 전략 기술을 헐값에 넘겼다는 뉴스가 나오는 것을 듣기는 했지만, 별로 신경을 쓰지 않았다.

그도 그럴 것이, 수호가 얻은 USB에는 넘어간 기술뿐만 아니라 중국이 다른 선진국들에서 탈취한 기술들도 많았기 때문이다.

다만 어떤 사람이 어떻게 기술을 넘겼는지 알아볼 때, 자신과 조금이나마 관계를 맺은 링링이 연관이 되지 않은 것을 확인한 선에서 안심하고 더 이상 신경 쓰지 않았다.

"그래서?"

수호가 잠시 생각에 잠겨 있을 때, USB의 정체를 알지 못하는 심보성이 궁금함을 참지 못하고 답을 재촉했다.

"아, 제가 어디까지 얘기했죠?"

수호는 잠시 딴생각을 하는 바람에 순간 자신이 어디까지 말했는지 잊어버렸지만, 슬레인의 도움으로 이어 말할 수 있었다.

"아, 아무튼 주상욱을 놓치고 체류 기간도 끝나 어쩔 수 없이 귀국했습니다. 그때 비행기 안에서 정리하던 중 발견한 것이 이것입니다."

당시 상황을 떠올린 수호는 USB를 눈앞에 들어 보이며 이야기하였다.

"이 작은 USB안에 엄청난 것들이 들어 있더군요."

수호는 안에 들어 있던 자료에 대해 간략하게 설명했다.

이를 들은 심보성의 표정은 시시각각 변했다.

그도 그럴 것이, 수호가 들려준 이야기는 너무도 충

격적이었기 때문이다.

중국이 외국의 첨단 기술은 물론이고, 자국이 연구 개발하고 있는 정보도 산업스파이를 이용해 빼내고 있 던 것이다.

중국의 경제는 참으로 희한한 체계를 가지고 있었다.

겉으로는 개혁 개방을 통해 자본주의를 받아들이는 것처럼 보이지만, 깊숙이 들여다보면 공산당이 지배하 고 있다.

아무리 잘나가는 기업이라 해도 공산당의 눈 밖에 나 면 하루아침에 문 닫아야 했다.

그게 시장경제에선 이해가 가지도 않고 해선 안 되는 행위이긴 했지만, 중국은 스스럼없이 시장을 규제했다.

이는 독재 정권이 가지고 있는 특수성 때문인데, 대 한민국도 독재자가 정권을 잡고 있을 때는 동일한 행동 을 했다.

독재자에겐 기업이 얼마나 큰지는 상관없었고, 그저 자신의 정책에 반대하면 기업을 무너뜨리고 자신의 정 책에 도움을 주면 그 기업을 밀어주었다.

한 마디로 정경유착이 심하다는 이야기였는데, 현재 중국이 바로 그랬다.

공산당에 반하지만 않는다면 크게 성장할 기회를 얻 었고, 조금이라도 공산당의 정책을 비판하면 하루아침에 상장폐지 되었다.

상장폐지가 되지 않더라도 공산당을 비판한 사람은 부패 혐의나 각종 심각한 범죄에 관한 누명이 생긴 채 사라졌다.

그런데 이렇게 탈취한 기술을 연구하여 나온 정보를 또 다른 기업에선 빼돌리고 있는 것이 심보성으로서는 잘 이해되지 않았다.

"이런 일이 가능하긴 해?"

"여기 이렇게 증거가 있지 않습니까? 중국 놈들이 무슨 생각으로 이런 일을 벌이는지는 모르겠지만, 제 손에 들어온 이것으로 인해 전 빠르게 우리 조국을 강력한 나라로 만들 수 있었습니다."

수호는 지금까지 만든 것들 중 일부가 이 USB안에 담긴 데이터를 바탕으로 연구한 것임을 그에게 알려주었다.

사실 심보성에게 USB의 정체를 밝힌 것은 도박과 같은 일이었다.

하지만 그가 알고 있는 심보성이나 그 뒤에 있는 장군회의 성향을 보면 굳이 이 문제를 가지고 자신의 뒤통수를 치지는 않을 거라 생각했기에 알려 준 것이다.

오히려 심보성은 분명 오늘 나눈 이야기들을 장군회에 알릴 것이고, 그들은 지금보다 더 긴밀한 협력 관계가 되리라 판단했다.

이러한 의도를 아는지 모르는지 모든 이야기를 들은 심보성은 깊은 고민에 **빠졌다.**

***

수호가 보여 준 USB를 보고 심보성은 어떻게 해야 할지 갈피를 잡을 수가 없었다.

무엇보다 저 USB의 존재가 외부에 알려지게 된다면 대한민국은 심각한 위기에 **빠질** 수도 있었다.

그도 그럴 것이, 저 작은 USB안에는 미국을 비롯한 강대국들이 수십 년간 연구해 놓은 극비 자료가 30여 개나 들어 있기 때문이다.

그중 압권인 것은 5세대 스텔스 전투기 설계도도 아니고, 최신형 위상 배열 레이더도 아니었다.

심보성을 가장 놀라게 한 것은 극초음속 미사일의 설계도와 개발 과정이 자세히 들어 있는 연구 자료였다.

그 작은 USB안에 초음속미사일을 개발하는 강대국들인 미국과 러시아, 그리고 중국의 연구 정보가 대부분 들어 있었다.

이 자료만 있다면 기술력이 떨어지는 일부 국가를 제외한 대부분의 나라에서 비슷한 성능의 미사일을 충분히 개발할 수 있을 정도의 핵심 정보였다.

이는 심보성을 심각한 딜레마에 빠지게 만들었다.

오랫동안 자주국방을 주창하던 호주나 인도, 그리고 터키 정도의 기술력을 가진 나라도 만들 수 있는 정보를 그들보다 월등히 뛰어난 기술을 가지고 있는 대한민국이 확보한다면, 자신이 잠시만 눈을 감으면 대한민국은 세계에서 세 번째로 극초음속 미사일을 실전에 배치한 나라가 될 수 있었다.

현재 이런 조건에 해당하는 나라는 러시아와 중국뿐이었다.

미국도 꾸준히 개발하고 있지만 아직까진 실험 단계에 불과했고, 발사에는 실패했다.

사실 중국의 경우에도 러시아가 뉴스를 통해 발사 실험 영상을 공개한 것과는 다르게 성공했다 발표만 하고 영상은 공표하지 않았다.

그렇다고 미국이나 중국이 러시아보다 미사일 전력이 낮다고 볼 순 없었다.

그도 그럴 것이, 미사일 전력에 극초음속 미사일이 차지하는 비중은 일부일 뿐이기 때문이다.

하지만 레이더를 피할 수 있기에 강대국들은 해당 무기의 개발과 연구를 멈추지 않았고, 한국도 이에 맞서서 미사일을 연구 중이었다.

그리고 주목할 만한 결과 또한 내고 있다는 것을 심보성은 알고 있었다.

그런데 이렇게 미사일 개발에 있어서 세계에서 가장 선두를 달리고 있는 3개국의 기술 연구 자료를 수호가 가지고 있으니, 그것을 파기하고 모른척하기보다 토대로 삼아 획기적인 무기를 만들어 낼 수도 있다는 생각이 들어 그를 망설이게 만들었다.

게다가 한국은 그 세 강대국의 사이에 존재하는 나라였다. 무엇보다 스스로를 지키기 위해선 그들과 동등한, 아니, 보다 월등한 무기를 가지고 있는 편이 유리했다.

하지만 심보성의 고민은 끝나지 않았다.

'미국이 이 일을 알게 된다면 어떻게 해야 하지.'

심보성은 오랫동안 동맹관계인 미국과의 관계가 껄끄러워지는 것이 걱정됐다.

그렇다고 연구 자료가 들어 있는 USB를 미국에 넘기는 것도 바보 같은 짓이란 생각이 들었다.

바보짓은 한 번으로 충분하다.

이제 겨우 미국으로부터 미사일 개발의 중량이나 사거리 제한이 풀렸다.

1979년 탄도미사일의 개발을 중단하라는 미국의 압력에 당시 국방부 장관은 동의 서한을 보냈고, 북한의 수도인 평양까지만 닿는 사거리 180㎞, 그리고 탄두 중량 500㎏의 미사일만 개발하겠다고 약속했다.

그것이 조약처럼 체결되면서 대한민국의 미사일 개발은 발목이 잡혔다.

1998년 북한이 대포동 1호 미사일을 발사하고 나서야 대한민국 정부는 미사일 사거리를 500㎞로 늘려달라고 요청하였지만, 미국은 동북아시아에 군비경쟁이 일어날 수 있다는 판단 하에 300㎞까지만 허용을 하였다.

주권 국가로서 다른 나라의 허가가 있어야 자국의 안전을 위한 대칭적인 무기를 가질 수 있다는 것은 참으로 수치스러운 일이 아닐 수 없었다.

그렇게 1차 개정을 하고, 2012년에 다시 2차 개정이 이루어지면서 사거리는 800㎞, 탄두중량은 최대 2톤으로 늘었다.

그렇지만 한국은 이에 만족하지 않고 2017년 3차 개정안을 통해 탄두 중량의 제한을 풀었고, 2020년 7월에는 한미 미사일 지침을 고쳐 우주 발사체에 제한한 고체 연료 사용을 허가 받았다.

그리고 이듬해인 2021년에 들어와서야 중국과 첨예한 대립을 하게 된 미국이 정상회담을 통해 한미 미사일 지침의 종료를 알렸다.

자신의 손으로 미국에 가져다 바친 미사일 주권을 무려 40여 년 만에 되찾아 온 것이다.

그러니 심보성도 이런 때일수록 문제를 일으키면 안 된다는 마음과 이 기회에 미국도 가지지 못한 극초음속 미사일을 가짐으로써 대한민국의 위상을 높이고 싶다는 마음이 대립하고 있었다.

"그렇게 걱정하실 것 없습니다."

"응?"

"이는 저만 알고 있는 정보입니다. 사장님께서 외부에 발설하지 않는 이상 외부로 흘러 나갈 일은 없을 것입니다."

수호는 심각한 표정을 지은 채 수시로 혈색이 변하는 심보성을 보며 얘기했다.

그가 머릿속에서 무슨 생각을 하고 있기에 그렇게 불안해하는 것인지 짐작할 수 있었기 때문이다.

"그리고 이것이 아니더라도 제겐 더 강력한 무기가 있습니다."

수호는 USB의 존재를 심보성에게 알리면서 확실하게 자신의 편으로 끌어들이기로 작정하였다.

지금까지는 슬레인과 일을 추진했지만, 더 이상 홀로 일들을 감당할 수 없었다.

물론 자신을 도와줄 세력을 구축해 놓기는 했다.

하지만 옛말에 '백지장도 맞들면 낫다'라는 속담이 있듯이 하나 보단 둘이 낫고, 둘 보단 셋이 낫다.

더욱이 시제기 출고식 때 본 KAI 관계자들이나, 공군 인사들의 표정을 보며 저들이 나와 대립할 수도 있음을 깨달았다.

특히나 KAI 관계자들의 표정은 허탈함과 분노, 그리고 질투와 질시 등의 부정적인 감정으로 가득 차 있었다.

그도 그럴 것이, 자신들은 국가로부터 엄청난 예산을 받아 6년이라는 시간을 들여서 한국만의 독자적인 기술만으로 4세대 이상의 최신형 전투기를 개발하였다.

KF—21 보라매라는 제식 명칭을 받았을 때 지금까지 쌓여 온 스트레스가 한 방에 날아가는 듯한 해방감을 느꼈다.

그런데 겨우 두 달 만에 들어 보지도 못한 SH항공에서 자신들의 기체와 성능은 비슷한, 아니, 보다 더 좋은 전투기를 개발했다며 출고식을 한 것이다.

그 때문에 KF—21을 개발한 관계자들은 질타를 받았다.

SH항공에선 불과 2년도 걸리지 않고 개발에 성공한 것에 반해, 자신들은 6년이 넘게 걸렸기 때문에 국민의 세금을 낭비했다는 것이었다.

하지만 그들로서 이는 너무도 억울한 일이 아닐 수 없었다.

6년이라는 시간 동안 밤낮을 가리지 않고 매진하여 다른 제조사들보다 4년이나 빠르게 결과물을 냈음에도 불구하고 자신들의 노력이 폄하된 것이다.

그래서 SH항공의 행사 당일에도 뭔가 비리가 있을 것이라 색안경을 끼고 보기도 했다.

수호도 이를 알기에 처음에는 무시하려 하였지만, 질투어린 시선을 보내는 이들은 비단 KAI의 관계자들만이 아니었다.

사실 출고식에 온 많은 사람들이 의심을 거두지 못하고 있었다.

하지만 계속 의심만 하기에는 반대되는 증거가 너무도 많았다.

우선, KFA—01과 비슷한 생김새의 전투기를 그 어떤 나라도 개발한 적이 없었다.

오래전 비슷한 전투기의 조감도가 있기는 했지만, 그것은 연구 목적으로 실증기가 만들어지다 계획이 취소되었다.

개발에 들어가는 비용에 비해 실효성이 떨어졌기 때문이다.

그렇게 페이퍼 상에만 존재하던 계획이 30여년이 지

난 뒤 수호의 손에서 실현된 것뿐이다.

게다가 겉모습이야 단발에 델타익을 한 모습이 비슷하긴 했지만, 결정적으로 미국이 개발하려던 실험 기체는 F—16을 기반으로 연고하고 있었다.

항속거리를 늘리기 위해 보다 더 많은 연료를 실을 수 있는 델타익을 취한 것이지만, SH항공에서 개발한 KFA—01은 거기에다 기동성까지 잡기 위해 귀 날개인 커나드를 추가했다.

거기에 더해 KFA—01은 어디에서도 못한 저비용 고효율을 구현했다. 부품을 3D 프린터로 만들어 쉽게 교체가 가능하게 구축했고, 생산 라인을 단순하게 만들었다.

그렇게 기존의 기술들을 집대성하여 만든 무기가 KFA—01인 것이다.

하지만 SH항공을 부정적으로 보는 사람들은 이러한 사실들을 무시하고 자신들의 존재를 다른 이들에게 어필하기 위하여 루머를 퍼트리고 수호를 까 내렸다.

물론 그렇게 만들어진 부정적인 시선은 수호가 선보인 이벤트로 인해 동시에 사라졌다.

그런 일이 있고 나서야 수호는 혼자서 모든 것을 할 수 없음을 깨달았다.

자신이야 좋은 일을 한다고 생각했지만, 이를 싫어하

고 반대로 이해하며 대립하고자 하는 이들은 언제 어디에나 존재했다.

그럴 때마다 위험을 감수할 수는 없었다.

언제 어디서 주상욱과 같은 미친놈이 나타날지 모르기 때문이다.

인간은 자신의 이익이 침해당했을 때, 이성적인 판단이나 행동을 하지 못하곤 했다.

그래서 수호는 장군회를 자신의 편으로 끌어들이기로 결심한 것이었다.

심보성을 통해 장군회의 고문인 김종찬을 만났고, 장군회의 성향을 알아보았다.

그리고 그들이 나아가고자 하는 방향이 자신과 대립하지 않는다는 것을 알게 된 순간 수호의 행동은 과감해졌다.

수호는 자신의 진실을 공유함으로써 장군회가 자신을 지지할 수밖에 없는 상황을 만들고자 하였고, 그 첫 번째가 심보성을 자신의 사람으로 만드는 작업이었다.

사실 대한민국을 둘러싼 정황이 심상치 않아 조금 무리한 일을 벌이긴 했다.

바로 대만에 전략급 무기인 사거리 300㎞ 초장거리 포탄을 판매한 것이다.

비록 포탄이기에 미사일처럼 몇 백 킬로그램~몇 톤

에 이르는 탄두를 가지진 않지만, 가격은 미사일에 비해 확실히 저렴했다.

한마디로 부담 없이 사용 가능하다는 소리다.

또 미사일은 그 크기와 속도 때문에 레이더에 포착된다.

미국이나 러시아가 극초음속 미사일을 개발하려는 이유가 바로 그것이다.

하지만 초장거리 포탄은 쉽게 들키지 않았다.

뿐만 아니라 극초음속으로 날아가기에 최고의 방어 체계인 페트리어트나 아이언 돔으로도 요격이 불가능했다.

때문에 이런 무기를 대만에 판매했다는 이야기를 들은 심보성이 경악할 수밖에 없던 것이다.

하지만 수호는 심보성을 자신의 편으로 끌어들이기 위해 또 다른 비밀 무기를 공개했다.

그것은 한 때 미국이 개발하려다 천문학적인 예산만 낭비하고 포기한 사거리 1,000km의 초초장거리 정밀 유도 포탄이었다.

이 포탄은 현재 연구되고 있는 사거리 연장 기술을 총동원하여 슬레인이 만들어 낸 무기였다.

포탄의 직경은 230㎜에 탄두의 크기도 무려 1.2m나 되었고, 이는 포탄 중에서 상당한 크기에 해당했다.

물론 제2차 세계 대전 당시에 전함에서 사용하던 함포 포탄에 비해 작은 크기였지만, 그래도 대포 탄두로서는 이례적으로 거대한 크기였다.

그렇기에 수호는 이렇게 거대한 탄두를 발사할 대포도 새로 설계하였다.

50구경장 230㎜ 포신을 가진 이 대포는 견인포로 제작되었다.

그도 그럴 것이, 탄두 중량만 60㎏인 괴물 포탄을 무려 1,000㎞나 날려야 했기에, 그 반동을 제어해야 했다.

그러다 보니 기동성이 뛰어난 차륜형 자주포나 궤도형 자주포로 개발할 수가 없었다.

반동을 충분히 완충을 시킬 수 있는 차대를 만들려면, 그 차체의 무게만 기존 자주포의 몇 배나 나가야 할 것이기 때문이다.

그리고 굳이 자주포로 만들 이유도 없었다.

수호가 개발한 신형 대포의 사거리가 1,000㎞이기에, 안전한 아군의 주둔지에서 공격한다면 적들의 무기가 닿지 못하기 때문이다.

또한 수호는 이 대포를 군함용으로도 설계하여 슬레인의 서버 내에 저장하고 있었다.

만일 이 무기를 장착한 전함이 나온다면, 작은 크기

라도 바다 위의 요새라고 부르기에는 부족하지 않을 것
이다.

이러한 것들을 심보성에게 들려줌으로써 수호는 그의
마음을 얻을 수 있을 것이라 판단했다.

다만 심보성은 너무도 충격적인 내용을 들은 탓인지
아직 정신을 차리지 못하고 있을 뿐이었다.

8. 비밀 화력 시범

펑! 펑! 펑!

대만 남부를 방어하는 육군 제8군단 예하 제43포병 여단은 총통인 차잉원과 양상궈 부총통 등 최고 권력자들은 물론이고, 대만과 동맹 또는 긴밀한 관계를 맺고 있는 세계 각국의 인사들을 초청해 화력 시범을 보이고 있었다.

"오!"

시범하고 있는 무기는 대만의 제43포병여단이 보유한 화포인 155㎜를 사용하는 M109A2, M109A5 자주포였다.

이 두 종의 자주포는 사실 미국이 주력으로 사용하는 M109A6 팔라딘 자주포의 초기형 모델이였고, 대한민국에서도 면허 생산하여 K55라는 제식명을 붙이기도 했다.

대한민국은 구소련에 빌려준 차관을 돌려받는 대신 러시아가 가지고 있던 군수물자와 기술을 받는 불곰 사업을 진행하여, 면허 생산한 K55를 바탕으로 러시아로부터 들여온 군사기술들을 접목해 K—9 썬더라는 세계적인 명품 자주포를 개발했다.

아무튼 K—9의 원형이라 할 수 있는 M109 계열의 자주포를 일부 운용중인 대만은 한국에서 들여오기로 결정한 신형 155㎜ 포탄의 화력 시범을 하는 중이었다.

화력 시범 초기에는 일반 사격의 최대 거리인 30㎞에 표적을 두고 진행했지만, 사격이 끝난 뒤에는 신형 포탄의 화력 시범을 보이겠다며 분주하게 준비하기 시작했다.

"장내에 계신 귀빈께서는 단상 오른쪽에 설치된 대형 스크린을 주목해 주십시오."

이번 화력 시범의 사회를 맡은 제43포병 여단장 지중위가 단상 오른쪽에 마련된 LED화면을 가리켰다.

이에 미국과 일본에서 온 관계자들은 고개를 갸웃거리며 단상 오른쪽으로 시선을 돌렸다.

"어떤 것을 시연하시려고 스크린을 보라는 것입니까?"

미국 제72해병대 대대장인 에릭 마차도 대령이 그의 옆에 있는 대만 육군 홍궈영 소장에게 물었다.

하지만 질문을 받은 홍궈영도 아직 들은 것이 없기에 대답을 하지 못했다.

사실 단상 귀빈석에 앉아 있는 사람들 대부분이 그와 비슷한 모습을 하고 있었다.

다만 차잉원 총통이나 양상궈 부총통 등 몇몇 고위 인사들은 조금은 상기된 표정으로 스크린을 예의 주시하였다.

'시작이다.'

차잉원 총통은 그 누구보다 눈을 반짝이며 단상 앞에 놓인 자주포와 단상 오른쪽에 설치된 스크린을 번갈아 바라보았다.

펑!

펑펑!

멈춰 있던 자주포의 사격이 다시 재개되었다.

쎄에에엑!

조금 전의 사격과는 다른 날카로운 소리가 귀를 스쳤다.

하지만 포탄이 발사된 것과는 다르게 30㎞ 전방에 놓

인 표적에는 아무런 타격이 없었다.

아니, 그 어디에도 포탄이 떨어진 흔적 같은 건 보이지 않았다.

이에 시연을 보던 사람들의 사이로 웅성거리는 소리가 들리기 시작했다.

'어! 뭐지?'

분명 포가 발사되었고, 공포탄이 아닌 실탄이 날아가는 소음도 들렸으니, 목표 혹은 근접한 곳에 탄착이 되는 것이 맞았다.

하지만 그 어디에도 포탄이 떨어지기는커녕 명중하는 소리도 들리지 않은 것이다.

때문에 단상에 있던 군 관계자들은 물론이고, 오늘 화력 시범에 초청된 귀빈들의 사이에서 소란이 일어났다.

"지금 보신 것은 저희 대만이 한국에서 수입한 최신형 사거리 연장 포탄입니다."

사회를 맡은 지증위 여단장은 웅성거리는 귀빈들에게 얼른 설명하였다.

하지만 오히려 그 소란은 증폭되었다.

아무리 사거리 연장탄이라 해도 50~60㎞였고, 한국에서 개발한 신형이라 한들 80㎞ 정도가 최선일 것이라 생각했기 때문이다.

게다가 아무리 한국이 다른 무기 수출국과 다르게 자신들이 사용하는 최신형 무기를 판매한들, 155㎜ 신형 사거리 연장탄의 경우에는 아직 연구가 완벽하게 끝나지 않은 것으로 알고 있다.

그렇다면 지금쯤 어딘가에 포탄이 떨어졌어야 함에도 불구하고, 아직까지 탄착점이 포착되지 않았다.

현재 제43포병여단은 육지의 표적이 아닌 바다를 향해 포를 쏘고 있었으니, 정확하지는 않더라도 물보라가 크게 일어날 것이기에 단상에서도 충분히 볼 수 있었다.

"잠시 이야기를 멈추시고 오른쪽을 주시해 주시기 바랍니다."

커다란 표적지가 네 개의 분할된 스크린으로 보이고 있었다.

각각의 화면에는 지름 50m의 원형에서 10m씩 줄어드는 작은 표적들이 색깔로 구분지어 표시되어 있었다.

지증위 여단장이 설명하고 난 뒤에 주시하던 사람들 중 몇 명이 손가락으로 모니터를 가리켰다.

"어!"

"저게 뭐야!"

그제야 다른 사람들도 모두 놀라기 시작했다.

표적에서 무언가 번쩍 하는 것이 지나갔고, 뒤이어

느린 화면으로 방금 전의 섬광이 재생되고 있었다.

그렇게 느리게 재생되는 영상에는 천천히 표적을 향해 꽂히는 검은 그림자가 보였고, 이는 누가 봐도 조금 전 발사된 포탄이 확실했다.

귀빈들은 발사된 포탄이 정확히 명중했다는 사실에 감탄했다.

그도 그럴 것이, 단상으로부터 수평선까지의 거리보다 더 멀리 날아가 표적을 맞췄기 때문이다.

여기서 저 멀리 수평선까지의 거리는 약 30km 정도 되는데, 포탄은 육안으로 볼 수 없는 그 너머로 날아가 표적을 맞췄다는 소리였다.

게다가 하단에 적혀 있는 300km라는 수치는 그들을 더욱 경악하게 했다.

그렇게 다들 사거리에 대해 놀라는 와중, 에릭 마차도 대령과 같은 군인이나 무기에 대해 어느 정도 지식이 있는 사람들은 다른 것에 주목하고 있었다.

바로 방금 전 발사된 포탄들이 하나같이 표적지를 명중시켰다는 점이다.

뿐만 아니라 포탄들은 모두 정 가운데로부터 20m 안팎에 탄착했다.

그 거리를 날아가 정확히 꽂힌다는 것은, 거의 미사일 급의 명중률을 가지고 있다는 뜻이었다.

공산 오차가 10m 내외인 현대 정밀 무기들은 목표까지 정확히 유도해주는 표적 탐지기나 지형 유도장치 등 다양한 항법 장치들이 내장되어 있었다.

　그래서 유도 기능이 장착된 미사일들의 가격은 최소 100억을 쉽게 넘어가는 고가의 무기들이 대부분이었다.

　하지만 방금 전 발사한 것은 그런 장치가 포함된 미사일이 아닌 자주포에서 발사한 포탄이었다.

　물론 포탄에도 유도장치가 있긴 하겠지만, 그 크기와 사용처를 생각하면 그렇게 고가의 정밀한 기계가 들어갈 수는 없을 것이다.

　그럼에도 공산 오차가 20m로 작다는 것은 엄청난 명중률의 가진 것이라 할 수 있었다.

　'한국에서 저런 포탄이 개발이 되었다고?'

　에릭 마차도 대령은 방금 전 자신의 두 눈으로 본 것을 도저히 믿을 수가 없었다.

　세계 최강이라 자부하는 미국도 아직 100㎞ 사거리 연장탄을 완벽하게 만들어 내지 못했다.

　대포의 사거리를 연장하기 위해 램제트 엔진을 넣거나, 로켓 추진체를 사용하면 그 거리가 늘어나기는 했지만, 명중률을 멀어질수록 현저히 떨어졌다.

　이는 빠른 속도와 공기 마찰로 생기는 진동이 날아가

는 탄두를 정밀하게 조향하지 못하게 하는 탓이다.

그런데 한국은 이를 극복해 냈다.

'어떻게 이런 정보가 완성이 되는 기간 동안 외부에 알려지지 않은 것이지?'

에릭 마차도는 한국에서 사거리 연장탄이 개발된 것에도 놀랐지만, 그 무기가 대만에게 판매될 때까지 자신들이 일말의 정보도 잡지 못했다는 사실에 자신의 감정을 감출 수 없었다.

사거리가 300㎞인 포탄을 한국에서 사용하면 북한의 수도인 평양은 물론이고, 탄도미사일 없이 북한 전역을 타격할 수 있는 거리였다.

한국이 이런 무기를 개발했다는 사실은 너무나도 많은 것을 변화시킬 것이다.

현재 대한민국은 미국과 맺고 있는 전시 작전권을 두고 많은 논의가 오가는 중이었다.

전시 작전권이란 전쟁이 발발했을 때 군의 작전을 통제할 수 있는 권한이다.

지금까지의 조항에 따르면 한반도에 다시 전쟁이 발발할 시 대한민국 국군은 작전권을 미군에 넘겨주어야 한다.

이런 조항이 생긴 이유는 6.25전쟁 당시에 대한민국이 북한의 남침에 부산까지 밀렸다가, 미국과 UN의 도움으로 겨우 공산화를 막아 냈기 때문이었다.

이후로 북한과의 열악한 군 전력을 극복하고자 한국은 미국에게 전시 작전권을 넘기고 모든 것을 의존하게 되었다.

하지만 세월이 흐르면서 상황이 많이 변했다.

대한민국의 국군 전력이 세계 10위권 안으로 들어섰고, 북한관의 전력 차를 늘리면서 미군에게 양도한 전시 작전 통제권을 되찾아 와야 한다는 이야기가 나오기 시작했다.

그도 그럴 것이, 전시 작전 통제권이 미군에게 있다 보니 주둔군 지위 협정, 즉, SOFA의 불공정이 생겼기 때문이다.

따라서 미군으로 인한 사건 사고가 발생을 했을 때, 대한민국 사법 당국은 범법을 저지른 미군을 처벌할 수 없었다.

미군이 벌이는 범죄가 단순한 폭행 정도로 그치면 논란이 커지지 않았겠지만, 인명을 앗아간 심각한 범죄가 발생해도 미군은 그들을 처벌하지 않았다.

동맹인 대한민국 국민에게 씻을 수 없는 범죄를 저질렀지만, 같은 미군이기에 동료라 생각하며 외면한 것이다.

오히려 한국을 동맹국이기는 하지만 자신들 보다 밑

이라 생각했기에, 미군은 범죄를 저지른 군인들을 처벌하지 않고 미국 본토로 보내는 것으로 사건을 일단락 지었다.

때문에 대한민국을 우습게보고 범죄를 저지르는 미군들이 늘어나면서 한때 반미감정이 크게 일어나기도 했다.

자유 민주주의를 수호한다면서도 군사 독재를 묵인하고 범죄자를 처벌하지 않는 미국에게 실망한 일부 지식인들과 대학생들 사이에서 반미가 성행을 한 것이다.

이때부터 전시 작전 통제권 회수와 SOFA의 개정이 끈임 없이 제기 되었다.

미국도 자신들의 잘못을 인정하고 개정이 몇 차례 이루어지긴 했지만, 전시 작전 통제권만은 쉽게 해결되지 않았다.

사실 작전권은 한국과 미국 어느 쪽도 쉽게 결정을 내릴 수가 없었다.

그도 그럴 것이, 한국은 미국에게 있어서 일본과 함께 동북아 정세를 통제할 수 있는 아주 중요한 카드다.

일본이 태평양으로 진출을 하는 러시아나 중국을 막아 내는 최전선이라면, 한국은 유사시 대륙으로 진출할 수 있는 징검다리였다.

더욱이 한국은 북한과 휴전 상태인 나라이기에 자국

의 방위 산업 성장을 도와주는 중동 국가들만큼이나 중요한 고객이기도 했다.

그러면서도 날로 성장하는 한국을 보면 쉽게 전시 작전 통제권을 넘겨줄 수가 없는 것이다.

하지만 세월이 지나면서 미국 또한 생각이 많이 바뀌었다.

수 십 년째 계속되는 무역 적자와 경제 불황, 그리고 정책 실패로 인해 미국은 예전만큼 예산이 충분한 나라가 아니게 되었다.

물론 그런 상황에서도 미국은 세계 최강의 군사력과 경제력을 가진 나라였지만, 절정기의 미국과 비교한다면 많은 손색이 있는 것 또한 맞았다.

게다가 미국 의회는 예전처럼 세계 최강을 부르짖으며 엄청난 예산을 군에 지원하지 않았다.

과거에는 소련이라는 자유 민주주의를 위협하는 적이 있었지만, 그들은 수십 년 전에 몰락했기 때문이다.

이후에 러시아가 그 명맥을 이어 받아 과거의 영광을 되찾기 위해 노력을 하고 있다 해도 한 번 벌어진 격차는 쉽게 메워지지 않았다.

그렇게 더 이상 자신들을 위협할 적이 없다고 판단한 미국은 이제는 군사력이 아닌 경제에 눈을 돌려야 한다고 주장을 하는 이들이 늘어났다.

냉전 체제에는 적보다 강한 무기를 가져야 먹히지 않는다는 명분이라도 있었지만, 이제는 그런 막강한 적도 사라졌기에 국민들은 더 이상 희생을 원하지 않는 것이었다.

그러다 보니 동맹의 안전을 위해 자신들이 전시 작전 통제권을 가지고 있을 필요가 있냐는 주제가 대두되었다.

그렇게 미국의 생각과 대한민국의 생각에 점점 접점이 생기면서 전시 작전 통제권의 이양이 가시화되기 시작했다.

그러던 차에 대한민국에서 신형 전투기들이 나오기 시작했으며, 이번에는 새로운 전술급무기가 튀어 나온 것이다.

미국은 겉으로는 세계의 평화를 위하는 모범적인 국가처럼 보이지만, 그 내면을 들여다보면 결코 선량하지도 또 모범적이지도 않다.

자국의 이득을 위해선 어떤 명분이라도 만들어서 상대방을 꺾는 나라다.

비록 대한민국이 미국의 동맹이기는 하지만, 미국의 입장에서 이런 대한민국의 급작스러운 발전은 결코 달갑지만은 않았다.

자신들이 가지지 못한 무기를 가지고 있는 동맹, 언

제나 밑이라 생각한 한국에서 상상을 넘어서는 무기가 있다는 것에 에릭 마차도 대령은 심각한 표정이 되었다.

"에릭, 이게 사실일까?"

에릭 마차도와 함께 이번 화력 시범에 참관한 조나단 볼튼 대령이 물었다.

그는 에릭과 마찬가지로 도저히 믿을 수 없다는 표정을 하고 있었다.

두 사람 다 해병대 부대장으로서 여러 동맹국에 파병되어 근무한 경험이 있다.

한 가지 다른 점은 에릭 마차도 대령은 한국에서 근무한 경험이 있다는 정도였다.

조나단 볼튼 대령은 현재 대만에 주둔하고 있었고, 그 전에는 일본 오키나와 기지에 배치되어 있었다.

그는 일본이나 한국 모두 동북아시아에 있고 경제 수준이 비슷하기에 거기서 거기라 생각하고 있었다.

또한 이제는 거의 사라진 백인 우월주의가 조금 남아있어 아시아인을 쉽게 얕잡아 보곤 했다.

때문에 방금 본 대만군의 화력 시범에 더욱 놀랐을 것이다.

"아마 사실일 거다."

"뭐? 네가 그걸 어떻게 확신해. 우리 미국도……."

에릭 마차도의 대답이 자신의 생각과 다르다는 것을 알게 되자 그는 짐짓 신경질적으로 되물었지만, 그의 말은 중간에 끊기고 말았다.

"넌 모르겠지만, 난 내 할아버지로부터 한국군에 대해 들어왔다. 또한 2008년쯤 잠시 한국에 있을 때, 그들을 더욱 알 수 있었지."

에릭 마차도의 할아버지는 베트남 전쟁의 참전 용사였고, 그는 파병에서 돌아온 뒤 에릭에게 자주 한국군의 무용을 얘기하곤 했다.

제2차 세계 대전 때나 사용하던 구식 소총 한 자루만 들고, 정글을 돌아다니며 귀신같이 미군을 위협하던 월맹군과 베트남 공산당들을 상대로 한국군은 엄청난 위용을 보여 주었다.

사실 에릭도 처음 그런 할아버지의 이야기를 들었을 때는 그저 미화된 옛날이야기로만 취급했다.

하지만 그런 할아버지의 이야기를 진실로 믿게 된 것은 그가 미 해병대에 입대를 하고 소령을 달았을 때였다.

그때는 지휘관이 아닌 참모로서 한국에 배치되었다.

조나단에게 이야기를 하다 보니 에릭은 자연스레 한국의 해병대와 합동 훈련하던 기억이 떠올랐다.

당시 한국의 해병대는 미군보다 장비가 열악했고, 실

전의 경험도 매우 부족했다.

하지만 어떻게 훈련한 것인지 실전을 경험하고, 보다 우수한 장비를 가진 채 작전을 수행하는 자신들과 별 차이가 없었다.

만약 한국의 해병대가 자신들과 같은 장비와 경험이 있다면 어떤 결과였을지 생각하는 순간 소름이 끼쳤다.

한 명 한 명이 스나이퍼처럼 정밀 사격하던 것을 생각하면, 온 몸의 솜털이 다 솟는 듯한 느낌이 들었다.

***

대한민국 외무부 차관인 최종문과 국방부 차관인 최수형은 각각 부서의 장관이 자주포 화력 시범을 참관하고 오라는 명령을 내려 대만에 왔다.

원래 이번 행사는 국방부의 관계자에게만 초청장이 갔지만, 예외적으로 외무부 차관인 최종문에게도 초대장이 전달되었다.

이는 외무부 차관인 최종문이 대만과 SH항공을 연결해 주었기 때문에 이에 대한 보답 차원에서 초대장을 보낸 것이다.

외교부 종사자로서 외국 정상의 정식 초대에 특별한 사정이 없는 이상 응하는 것이 관례였기에 최종문은 외무부 장관에게 보고하고 대만으로 날아왔다.

"SH화학이라는 곳에서 이런 것도 만들었습니까?"

무기에 대해선 잘 알지 못하는 최종문이 그래도 군과 관련 있는 국방부 차관인 최수형에게 물었다.

"음, 저도 처음 듣는 이야기군요."

최수형 또한 조금 전 화력 시범의 사회로부터 설명을 듣고 깜짝 놀랐다.

국방과학연구소와 주)화산, 그리고 주)대화가 협력하여 155mm 대포에서 발사 가능한 사거리 연장탄을 개발하고 있다는 것은 알고 있었다.

하지만 SH화학은 전혀 들어보지 못했다.

아니, 그가 알기로 SH화학은 포탄을 제조하는 방위 산업체가 아닌, 방탄 스프레이란 방탄 소재를 납품을 하는 화학 회사였다.

처음에는 느닷없이 대만의 군관계자에게 포탄을 납품한 회사라 하니 깜짝 놀랐다.

그것도 상식을 벗어난 엄청난 사거리를 가진 무기였다.

국방부 차관인 최수형이 알기론 대만이 가지고 있는 M109A5는 미국의 주력 자주포인 팔라딘보다도 정확도가 떨어지는 자주포다.

아니, 팔라딘이 아니라 한국이 면허 생산 중인 K55보다도 성능이 떨어지는 자주포였다.

그런데 조금 전에는 너무도 놀라운 명중률을 보여 주었다.

솔직히 말하면 한국 육군의 주력 자주포인 K—9보다 정밀한 정확도로 목표를 타격했다.

분명 자체적인 성능으론 대한민국이 보유한 그 어떤 자주포보다 기능이 떨어짐에도 불구하고 이번 시범에서 보여준 것은 자신들이 알고 있는 그 이상이었다.

무엇보다도 300㎞라는 어마어마한 사거리는 모든 것을 압도했다.

"그런데 SH화학이라⋯ SH항공과 무슨 관계가 있나?"

최종문 차관은 무언가 이상한 느낌을 받았다.

조금 전 대만의 사회자가 언급한 SH화학이라는 회사명이 너무도 익숙하다는 생각을 떨칠 수가 없었다.

하지만 옆에서 이 질문을 들은 국방부 차관 최수형은 면색이 급변했다.

"방금 뭐라고 하셨습니까?"

최수형은 방금 전 그가 중얼거린 SH항공이란 말에 깜짝 놀라 물었다.

그런 최수형의 반응에 최종문은 눈을 동그랗게 뜨며 대답했다.

"한 달 전쯤에 저기 양상궈 부총통이 저희 외교부를 통해 SH항공을 찾은 적이 있었습니다."

최종문은 정확히 33일 전, 양상궈 대만 부총통이 외교부로 협조 공문을 보내왔고, 최근 중국의 무례한 외교 전략을 견제하는 목적으로 외교부는 이를 승낙하였다는 것을 설명했다.

더욱이 대만의 목적이 대한민국의 항공사가 개발한 전투기를 구매하기 위해 자신들에게 도움을 청한다는 사실임을 알아내자 이를 적극 수용하였다.

다른 때라면 전투기 구매는 자신들이 아닌 국방부의 소관이기에 이를 국방부에 넘기겠지만, 이번에는 그렇지 않았다.

현재 국방부는 연일 계속되는 군대 내 사건과 일본의 독도 도발, 그리고 중국의 방공구역 침범으로 인해 정신이 없었다.

뿐만 아니라 북한 또한 얼마 전부터 한국 정부에 대한 비난과 중단된 미사일 개발을 재개하겠다고 통보해와 일손이 부족할 지경이었다.

그런 국방부의 사정을 알기에 외교부에선 하나라도 더 외국에 파는 것이 국익이라는 판단 하에 양상궈 대만 부총통의 도움 요청을 적극적으로 찬성했다.

하지만 최종문 차관이 기억하지 못하는 것이 있었다.

당시 양상궈 부총통이 일행과 함께 SH항공을 찾았고, 그자리에서 KFA—01의 면허 생산을 구매하려는 양상궈 부총통에게 수호가 155㎜ 초 장거리 사거리 연장탄의 또한 권했다는 사실을 말이다.

그도 그럴 것이, 최종문은 무기에 관해서 1도 모르는 상황이었고, 그가 업무하던 영역이 아니었기에 쉽게 머릿속에서 사라진 것이다.

게다가 대만이 면허 생산을 원하던 KFA—01이야 뉴스에서도 시끄럽게 떠들고 있으니 업무가 아니더라도 신문이나 방송을 통해 많이 접했다.

그렇지만 포탄에 관해서는 전혀 들어본 적이 없기에 정확히 알지 못했다.

최종문과 최수형 차관이 이렇게 이야기를 나누고 있을 때, 또 다른 곳에서 이와 비슷한 이야기가 진행되고 있었다.

****

충정북도 증령군 증평읍 율리 아레스 운동장.

이곳에는 아주 커다란 대포, 정확하게는 차량으로 운반하는 견인포 두 문이 자리 잡고 있었다.

아레스의 운동장에 설치된 견인포는 지금까지 대한민

국에서 본 적이 없는 아주 커다란 대구경의 화포였다.

"이게 그것인가?"

김종찬 고문은 운동장에 부설된 두 문의 견인포를 보며 감탄하였다.

이야기로만 전해 들은 거함거포 시절의 함포를 보는 것 같았다.

근대 항공모함이 나오기 전 전 세계는 거함거포주의라 하여 보다 거대한 군함과 그에 걸 맞는 함포를 만들어 대양을 누볐다.

이런 전함들 중에는 무려 460㎜의 주포를 가진 전함도 있었으며, 많은 나라의 주력 전함 대부분의 주포 구경은 14인치 즉 355.6㎜였다.

이에 비하면 230㎜를 가진 이 견인포의 구경이 무척이나 작아 보이지만, 그 위력까지 작은 것은 아니였다.

오히려 미사일의 등장으로 현대의 대포는 대구경화로 인한 화력 강화보다 속사로 인한 견제로 개발 방향을 선회하였다.

적당한 화력을 가지고 빠른 연사로 적의 사기를 꺾는 무기가 된 것이다.

물론 이것은 함포의 발달사였고, 육군의 경우에는 자원만 많이 들어가는 대구경보다 경제적이고 보다 멀리 나가는 가격 대비 성능이 우수한 포탄 규격을 찾는 방향으로 연구가 진행되었다.

그리고 최근 기술의 발달로 인해 155㎜에 멈춰 있던 대포의 구경이 230㎜로 늘어났다.

물론 이 또한 최종적인 형태는 아니다.

과학의 발전은 또 어떤 형태의 대포를 만들어 낼지 알 수는 없는 일이였고, 230㎜에서 구경의 크기가 멈출지 아니면 그 보다 더 거대한 14인치 혹은 18인치로 변할지는 아무도 몰랐다.

어찌 되었든 수호는 미사일에 준하는 1,000㎞의 사거리를 가진 화포를 만들기 위해 230㎜의 대포를 만들었다.

"네, 맞습니다."

"그런데 너무 고각으로 세워져 있는 것 같은데?"

김종찬은 마치 애인을 보는 듯 뭔가 몽롱한 표정으로, 운동장에 거치된 대포를 쓰다듬으면서 중얼거렸다.

그의 곁에 있는 사람들 또한 하나같이 그와 비슷한 생각을 하고 있었다.

일반 견인포의 경우 이 정도 고각으로 절대 발사하지 않기 때문이다.

"정확하게 보셨습니다."

수호는 날카로운 김종찬 고문의 질문에 대답하였다.

"사실 이것의 정확한 명칭은 대공 곡사포입니다."

"대공 곡사포? 그게 가능한 것인가?"

대공 곡사포란 전투기나 폭격기 등의 비행기를 상대하기 위해 육군이 만들어 낸 무기다.

하지만 현대 전투에선 기체들의 속도가 빨라졌고, 또 대공포의 사거리가 닿지 않는 고고도에서 작전을 하기에 무용지물이 된 무기 체계다.

더욱이 지대공미사일의 발달로 대공포의 사용은 사라졌다 해도 무방했다.

일부 국가에선 아직도 대공포가 남아 있긴 했다.

하지만 이는 주변의 적대적 국가에서 사용하는 전투기나 폭격기가 제2차 세계 대전에 사용하던 것과 별반 다르지 않기에 그 명맥을 유지하고 있을 뿐이었다.

그런데 다른 곳도 아니고 세계 6위의 군사 강국인 대한민국에 신형 대공 곡사포가 나온 것이다.

그것도 대공포라고는 상상되지 않는 230㎜라는 엄청난 구경을 가지고 말이다.

"음……."

대답을 들은 김종찬은 한참 동안 대공 곡사포를 주시하면서 신음을 흘렸다.

"어쩔 수 없었습니다."

"어쩔 수 없었다? 그건 또 무슨 소린가?"

김종찬은 굳이 지금 대공포를 개발한 것이나, 대공포

이면서 230mm라는 터무니없는 대구경포를 만든 것 등 잘 이해가 가지 않는 것투성이었다.

때문에 어쩔 수 없었다는 변명을 하는 수호의 진심이 무엇인지 잘 파악할 수가 없었다.

"이것은 대공포 이면서 다른 한편으로는 1,000km의 사거리를 가진 초장거리 야포입니다."

"뭐, 방금 뭐라고 했나?"

"1,000km라고!"

수호의 말이 떨어지기 무섭게 김종찬을 비롯한 주변에서 놀람의 탄성이 터져 나왔다.

1,000km라는 거리는 남과 북을 관통하는 길이에 조금 못 미치는 수치였다.

한반도의 최상단과 최하단의 직선거리는 정확히 1,013km였다.

만일 이 견인포가 한국의 최남단에 존재한다 해도 북한의 13km만을 제외한 모든 범위에 타격할 수 있다는 것이었다.

'그럼 대만에 판매하기로 한 사거리 300km짜리 사거리 연장탄은 이것을 위장하기 위한 수단이었다는 말인가?'

수호의 이야기를 들은 김종찬은 속으로 놀라워하였다.

사실 처음 수호가 대만에 포탄에 판매한 것을 알았을 때는 분노에 휩싸였다.

대한민국 국군도 보유하지 못한 300㎞의 사거리를 가진 포탄이었기 때문이다.

그런 것을 만든다면 조국에 먼저 판매할 것이라 생각하고 있었기에, 자신에게 알리지도 않고 외국에 먼저 판매하자 배신감마저 들었다.

그런데 오늘에서야 모든 것을 깨닫게 되었다.

수호는 이미 그 앞의 수까지 준비해 놓고 있었다는 것을 말이다.

"하지만 오늘은 최대 사거리인 1,000㎞ 사격을 하진 않을 것입니다."

"그건 왜인가?"

김종찬은 묻지 않을 수가 없었다.

사거리 1,000㎞의 엄청난 대포를 만들었으면서도 이 것을 확인하지 않겠다는 수호의 말이 잘 이해가 가지 않았기 때문이다.

하지만 바로 이어 수호가 설명하자 충분히 납득할 수 있었고, 나아가 그를 다시 볼 수 있었다.

"애써 시선을 대만으로 돌려놨는데, 다시 주목을 받을 필요는 없지 않겠습니까?"

"아!"

수호의 말에 여기저기서 감탄의 탄성이 들렸다.

"그리고 특수탄을 사용하지 않을 예정이기에 사거리는 아마 최대 300㎞ 정도로 나올 것입니다."

"그럼 자네가 말한 특수탄을 사용하면 정말로 사거리가 1,000㎞가 나온다는 말인가?"

"특수탄을 사용하고 또 장약을 최대한 넣는다면 그 정도로 나옵니다."

"그럼 155㎜도 특수탄을 사용하면 사거리가 늘어나는가?"

김종찬은 이미 많이 배치되어 있는 155㎜도 특수탄을 사용한다면 사거리가 획기적으로 늘어날 수 있다는 생각이 들었다.

하지만 들려온 답변은 부정적이었다.

"그건 아닙니다. 아니, 굳이 155㎜ 특수탄을 만들어 봐야 그 정도 효과는 나오지 않을 것입니다. 게다가 사거리만 늘린다고 능사는 아니지 않습니까?"

"아, 그렇지!"

수호가 무슨 뜻으로 한 말인지 깨달은 김종찬은 자신이 어떤 실수를 했는지 금방 알아챌 수 있었다.

155㎜와 230㎜는 탄두의 지름만큼이나 탄두의 길이도 몇 배나 차이가 났다.

뿐만 아니라 포탄은 단순히 날아가는 것으로 전부가

아니다.

대포가 처음 만들어졌을 때는 돌이나 철을 둥근 구형으로 만들어 날려 보냈다.

즉, 운동에너지가 파괴력의 전부인 무기였고, 시대였다.

하지만 포탄 안에 화약을 넣어 파괴력을 늘리는 방법을 터득한 인류는 무게 이상으로 포탄의 살상력을 늘리는 방법을 찾아냈다.

그 때문에 대포를 개발하는 사람들은 단순히 탄두를 쏘아 내는 것만이 아닌, 보다 효과적인 탄두의 개발에도 힘쓰게 되었다.

"내가 군에서 오래 떨어져 있다 보니 중요한 사실을 잊고 있었군."

김종찬은 자신이 어떤 실수를 한건지 인정하고 또 반성하였다.

"시간이 되었습니다."

언제 다가왔는지 아레스의 심보성 사장이 나와 시간을 알렸다.

"그럼 시작하지."

심보성 사장의 말에 김종찬도 잠시 시계를 확인하고는 대답했다.

"알겠습니다. 준비되면 바로 시작하겠습니다."

허락이 떨어지자 수호는 자리를 이동해 한쪽에서 대기하고 있는 SH화학의 김용수 부장에게 다가갔다.

처음 수호가 그를 알게 되었을 때만 해도 그의 직급은 주임이었지만, 시간이 지나면서 그의 능력을 인정한 중현이 그를 부장으로 앉혔다.

"준비는 잘되고 있습니까?"

"예, 잘되고 있습니다."

오늘 신형 대공 곡사포의 화력 시범을 위해 수호는 군 포병부대 출신 간부들을 특채로 뽑았다.

수호는 그런 이들을 한 차례 둘러보곤 이야기하였다.

"실수도 실수지만 무엇보다 다치시면 안 됩니다."

수호는 SH화학에서는 고문이라는 직책을 가지고 있지만, 주식의 대부분을 소유하고 있는 실질적인 오너기이도 했다.

하지만 수호는 누구를 대하건 간에 자신의 직급을 내세우기 보단 수평적인 사고로 상대를 존중하고 대우했다.

"예, 알겠습니다."

"그럼 부탁합니다."

수호의 말이 떨어지고 대기하던 SH화학의 시범단이 움직이기 시작했다.

그들은 무거운 포탄을 운반하기 위해 모두 스켈레톤

아머를 착용하고 있었다.

그 모습이 마치 SF영화에 나오는 미래의 군인들 같았다.

하지만 그들이 착용하고 있는 스켈레톤 아머는 영화와는 다르게 모터가 돌아가는 듯한 효과음은 들리지 않고 조용했다.

한편 그런 SH화학의 직원들을 멀리서 지켜보던 김종찬과 장군회 회원들, 그리고 아레스의 직원들은 모두 속으로 놀라고 있었다.

일개 민간기업이 PMC인 자신들 보다 더 최첨단 장비로 무장하고 있었기 때문이다.

더욱이 SH항공이나 SH화학의 기술력이 얼마나 되는지 알 수는 없지만, 아직 상용화가 되지 않은 스켈레톤 아머를 기본 장비마냥 사용하고 있는 모습에 놀랍고 또 부러웠다.

9. 동북아의 바람

"이상 핑둥현 남서부 처청향에 위치한 육군 제8군단 예하 제43포병여단에서 자주포 포 발사 시범이 있었습니다."

대만의 뉴스 채널인 굿모닝 차이나의 앵커는 무척이나 상기된 표정으로 뉴스를 진행했다.

"차잉원 총통은 지난 달 11일에 대한민국에 방문하여 SH항공에서 개발한 4.5세대 최신예 전투기 120대의 라이선스 계약을 맺음과 동시에 155㎜ 자주포의 초장거리 사거리 연장탄 구매에 나섰습니다."

뉴스를 진행하는 앵커는 약간 흥분한 기색이 역력했

지만, 그렇다고 자신의 본분을 잊지는 않았다.

"이 초장거리 사거리 연장탄은 기존 육군이 운용하던 M109A2, M109A5의 사거리를 비약적으로 늘려 주어서 외부의 위협으로부터 우리 중화민국을 보호해 줄 것입니다."

앵커는 차분히 소식을 전달하려고 했지만, 약간의 실수를 하고야 말았다.

"그렇습니다. 한국에서 들여온 이 신형 자주포 탄은 최대 사거리가 무려 300㎞나 되어, 유사시 본토의 남부 지역 일부까지 사정거리에 들어가게 되었습니다."

대만을 위협하고 있는 중국공산당을 저격한 발언이 아닐 수 없었다.

현재 대만은 중국과 더 이상 일국 양안관계로 남는 것을 찬성하지 않는 분위기였다.

몇 년 전까지만 해도 친중 성향의 대만인들이 많았지만, 최근 계속되는 중국공산당의 위협에 젊은 대만인들 사이에선 대만 독립을 요구하는 목소리가 커졌다.

그렇게 된 배경에는 홍콩과 다른 자치주에 대한 중국의 정책이 알려진 것이 결정적이었다.

중국공산당은 더 이상 그들의 자주성을 인정하지 않고 자신들의 독재 체제 안으로 들이기 위한 계획을 세우고 있었다.

그 계획의 일환으로 신장 위구르 지역에 거대한 감옥과 수용소를 만들어 집단 학살을 저질렀고, 홍콩의 우산 운동 때도 중국 군인을 경찰로 위장해 시위대를 해산시켰다.

대만 또한 이런 중국의 행보에 위기감을 느끼고 있었다.

때문에 강력한 무기가 들어오자 국민들을 안심시키기 위해 뉴스에서 대대적으로 보도한 것이다.

그렇게 대만에서 자주포의 화력 시범에 관한 소식이 전해질 때, 중국의 매체에선 이에 대한 반박 뉴스가 흘러나오기 시작했다.

***

"대만은 무모한 행동을 즉각 멈춰라! 이는 대만에 평화를 가져오는 것이 아닌 전쟁의 도화선에 불을 당기는 짓이다."

중국공산당의 대변인인 리춘화는 대만이 엄청난 성능의 자주포 탄을 시범한 것에 대해 흥분을 감추지 못하고 기자회견을 하는 중이었다.

리춘화는 수많은 기자들 앞에서 중국공산당의 입장을 발표했다.

"만약 도발을 계속 한다면 우리의 인내는 끝을 보일 것이고, 그 결과는 아주 참혹할 것이다. 뿐만 아니라 우리는 결코 이번 일을 좌시하지 않을 것이다."

리춘화의 말을 요약하면 이번 대만의 화력 시범은 중국공산당과 대만의 차이를 인지하지 못한 괴뢰들의 도발이고, 자신들은 이것을 그냥 두고 보지만은 않을 것이라는 이야기였다.

뿐만 아니라 대만에 무기를 판매한 한국에게도 경고의 메시지를 남기는 것을 잊지 않았다.

"또한 대만에 무기를 판매한 한국은 2017년 있던 일을 잊은 것 같다. 주제도 모르고 우리에게 대적하기 위해 군사력을 증강시키고 있는데, 자칫 오래전 조선의 왕이 우리 중국의 황제에게 패하여 삼배구고두례를 행하던 상황이 재현될 것이다. 그러니 소국이 대국에게 덤비는 것은 지양하는 편이 옳다."

파박! 파박!

리춘화의 말이 끝나자 카메라의 플래쉬가 터졌고, 그녀는 서류를 챙겨 기자회견장을 빠져나갔다.

***

대만에 뉴스가 전해지던 시각, 대한민국에서도 대만

의 자주포 화력 시범에 대한 뉴스가 나가고 있었다.

더욱이 국산 포탄을 수입하여 성능에 관한 시범을 보인 것이었기에 많은 사람의 이목이 쏠렸다.

인터넷과 미튜브에 관련 기사를 다루는 사람들이 넘쳐날 정도로 커다란 반향을 불러일으켰다.

그러면서도 한편으론 의아하다는 생각을 멈출 수 없었다.

그도 그럴 것이, 사거리가 무려 300㎞나 되는 어마어마한 사거리의 괴물 포탄에 관하여 들어본 적이 없었기 때문이다.

더욱이 대한민국에는 무려 8,000문이 넘는 화포가 있었고, 그중 155㎜는 무려 5,000문이 넘었다.

이런 막강한 전력에 신형 포탄이 더해진다면 더 이상 북한의 미사일 위협이나, 일본의 독도 도발 등의 주변국으로부터 오는 억압에 어느 정도 자유로워 질 수 있었다.

물론 겨우 이정도 무기만으로 100% 안전을 보장할 수는 없겠지만, 300㎞라는 사거리는 결코 무시할 수 있는 수준이 아니었다.

북한 전 지역과 중국의 동부 지역 일부, 그리고 일본의 일부 서부 지역까지 사정권에 들어오기 때문에 함부로 도발하기가 꺼려질 것이다.

특히 일본의 경우에는 자칫 무리수를 두어 독도에 관한 도발을 한다면, 그들이 자랑하는 이지스 구축함을 위시한 해군 호위함대를 접근도 하기 전에 침몰시킬 수도 있었다.

그런 엄청난 전력을 국내에 배치한 것이 아니라 외국에 판매했다는 소식에 사람들은 의구심을 품기 시작했다.

사실 대포란 것은 미사일과 같이 정확한 탄착점을 가진 무기가 아니다.

하지만 대만에서 발표한 영상에서 이 신형 포탄은 엄청난 명중률을 보여 줬다.

20m라는 오차 범위는 현대 군함의 크기나 폭을 생각한다면 오차라고 부를 수도 없었다.

물론 화력 시범할 때의 표적은 고정되어 있는 것이었기에 움직이는 군함과 100% 같다고 말할 수는 없겠지만, 이를 만회하고도 남을 만큼의 대포가 대한민국에는 있었다.

막말로 5,000문의 대포가 화력망을 구축하고 일제히 사격한다면, 이를 빠져나갈 만한 군함은 거의 없을 것이다.

군사 전문가들은 이런 사실을 인지하고 있기에 직접적인 관계가 있는 중국공산당에서만 불편한 심기를 그대로 드러냈을 뿐이었고, 다른 국가, 특히 일본에서는 관련된 소식을 일절 보도하지 않았다.

이런 일본을 보면 참으로 비열한 족속이라 아니할 수가 없었다.

***

"그들은 뭐라고 합니까?"

대만에서 155㎜ 신형 포탄을 정식으로 수입하겠다는 주문이 들어왔고, 이에 수호는 아침 일찍 SH화학을 찾아가 오전 회의에 참석하였다.

계약이 체결된 건 기뻐할만한 사실이지만, 이 포탄을 만드는 데에 차질이 생겼다.

개발과 생산은 비슷하면서도 다른 문제였기 때문이다.

현재 SH화학의 주력 상품은 방탄 스프레이와 화약을 담는 단열재였다.

두 상품이 무척 뛰어나고 찾는 이들도 많았기에 모든 생산 라인이 이에 맞춰져 있었다.

그런 와중에 또 다른 엄청난 상품이 개발된 것이다.

하지만 SH화학에서 다른 생산 라인을 만들기는 어려웠다.

무엇보다도 SH화학이 사세를 키워 물리적인 규모가 늘어났다고는 해도 포탄을 생산할 기반이 없었기 때문이다.

그래서 대안으로 나온 것이 대한민국에서 전차의 포탄이나 대포의 포탄을 생산하고 있는 주)화산과 주)대화에게 위탁 생산을 맡기는 방법이었다.

"대화로부터는 긍정적인 답변을 받았습니다. 하지만……."

대한민국 방산업계에서 상당한 영향력을 행사하고 있는 주)화산의 경우, 주)대화와는 다르게 SH화학이 제안한 위탁 생산에 대해 불만을 표했다.

SH화학에서는 위탁 생산을 하는 조건으로 순이익 중 5%의 마진을 제안했다.

그에 반해 주)화산은 순이익이 아닌 판매가의 5%를 요구한 것이다.

이것은 SH화학이 제안한 것의 3.5배에 해당하는 금액이기에 쉽게 승낙할 수 없는 조건이었다.

그 정도의 수수료를 지불한다면 굳이 위탁 생산을 맡길 이유가 없다.

오히려 시간과 노력을 조금 들인다면 충분히 생산 라인을 만들 수 있을 것이다.

하지만 SH화학은 최근 몇몇 관계자 외에는 알지 못

하는 곳에서 230㎜ 포탄의 발사를 성공적으로 브리핑했다.

때문에 155㎜가 아닌, 230㎜ 포탄에 집중하고자 다른 회사에서 위탁 생산하려는 것인데, 한 곳에서 과욕을 부리는 중인 것이다.

"그렇다면 굳이 화산과 함께할 필요는 없겠군요."

수호는 단호한 표정으로 이야기하였다.

"그렇게 하면 여러 곳에서 불만의 목소리가 나올 지도 몰라."

정상현은 조카이면서도 회사 고문인 수호에게 우려의 목소리를 냈다.

비록 주)화산의 행보가 마음에 들진 않지만, 그들을 배제한다면 연관된 여러 분야에서 압력이 들어올 것이 뻔했다.

"그건 걱정하지 않아도 됩니다. 우리에게도 그들 이상의 힘이 있으니까요."

수호는 자신의 둘째 큰아버지가 무엇을 걱정하는지 잘 알고 있었다.

하지만 자신도 그 못지않은 세력이 있고, 또 대한민국 방산업계를 좌지우지하고 있는 장군회 또한 한편이었다.

즉, 주)화산이 생각하고 있는 방향으로 일이 흘러가게

두진 않을 것이라는 소리였다.

"군피아로 불리는 이들을 걱정하시는 것 같은데, 그 놈들은 이번 일에 끼어들 수 없을 것입니다."

수호는 비릿한 미소를 지어보이며 이야기하였다.

그런 수호의 말에 SH화학의 사장을 맡고 있는 상현과 수호의 아버지인 중현은 두 눈을 부릅떴다.

수호가 예상한 바와 같이 그들이 걱정하는 것은 방산업계에 엉켜서 썩어 있는 뿌리와도 같이 질긴 군피아였다.

군대와 마피아를 합성한 단어인 군피아. 이것은 군납을 논할 때 끊이지 않고 흘러나오는 단어였다.

군납과 관련된 모든 일에 개입하고, 또 이를 이용해 비자금을 조성하는 행위를 하는 사람 혹은 단체들을 일컬어 군피아란 용어로 대체가 된 것이다.

이런 군피아에는 전투기나 전차 같은 군수 장비에 관한 납품 비리를 저지르는 이들도 있고, 군에 들어가는 식자재나 소모품을 삥땅치는 자들도 있었다.

솔직히 군대는 폐쇄적인 집단이기에 이런 비리가 나오지 않을 수 없었다.

물론 장군회처럼 새로운 무기를 개발하기 위해 비자금을 조성하고, 어쩔 수 없이 방산비리를 저지르는 곳도 있었다.

울트라 코리아

하지만 대부분의 이들은 자신의 사욕을 채우기 위하여 군납에 관한 범죄행위를 저지르고, 군사기밀이라는 핑계를 대며 빠져나가곤 했다.

이런 군피아들은 독재 정권 시절에 참으로 만연했다.

군대 내 사조직이 불법화되며 많이 사라지기는 했지만, 아직도 군피아는 각계각층에 존재했다.

"아마 육군은 물론이고, 미군도 155㎜ 탄에 관심을 보일 것입니다."

수호가 위탁 생산 업체로 두 곳을 선정한 이유는 바로 미국 때문이었다.

미군은 오래전부터 자신들이 보유한 155㎜ 포의 사거리 연장을 위해 막대한 예산을 투입했지만, 그 연구는 100㎞ 선에서 멈춰 버렸다.

그도 그럴 것이, 그 이상 사거리를 늘리려면 연구의 난이도가 올라가는 것은 물론이고, 위력이나 경제성은 떨어졌다.

사거리 연장을 위해 추친제를 더 넣으면 그 공간만큼 포탄의 위력을 담당하는 화약의 양이 줄어들었고, 이는 위력의 감소로 이어졌다.

그렇다고 장약의 위력을 강화하는 연구 또한 난이도가 만만치 않았다.

장약의 강력한 폭발력을 기존의 대포가 견딜 수 없기

때문이다.

즉, 기존 대포를 새로 개량하지 않고는 포탄의 위력을 향상시킨다 한들 사용할 수 없는 것이다.

이런 문제에 대한 답을 SH화학(수호)이 제시했다.

그러니 미국으로서는 더 이상 진척이 보이지 않는 연구를 계속하기 보단 이미 완성된 제품을 들여와 분석하는 것이 훨씬 싸게 먹히는 상황인 것이다.

비록 포탄 한 발의 가격이 기존의 것에 비해 비싸긴 해도 자신들이 개발하는 중인 포탄과 비슷한 가격을 가졌기에 이런 저런 비용을 따져보면 오히려 더 저렴하다 할 수 있었다.

그렇게 미군의 요구는 이미 공문으로 정부에 전달된 상태였지만, SH화학의 생산 시설이 갖추어지지 않았기에 아직 보류 중이었다.

"도대체 미국에서 얼마나 많은 수량을 주문했기에 위탁을 하려는 것이냐?"

어느 정도의 양을 공급해야 하는지 모르는 중현으로서는 궁금증이 일지 않을 수 없었다.

"저도 정확히는 모르지만, 미국이라면 최소 10만 발은 주문할 겁니다."

"헉!"

질문한 중현이나 이를 가만히 듣던 상현은 생각지도

못한 숫자에 놀랐고, 뒤이어 들려온 수호의 이야기에
더욱 경악했다.

"어쩌면 그 이상일지도 모르겠네요. 미국이 관여하는
분쟁 지역이 워낙 많으니."

수호의 말이 끝나자 중현과 상현 두 사람은 자신도
모르게 고개를 끄덕였다.

확실히 미국은 지구 곳곳에서 벌어지는 분쟁에서 끼
지 않은 곳이 없을 정도로 전쟁을 치루고 있었다.

특히 화약고나 마찬가지인 중동과 아프리카에서는 매
우 열악한 환경에 처해 있다.

그러다 보니 해외 파병 부대가 매년 소모하는 장구류
는 이루 헤아릴 수 없을 정도로 많았다.

또한 탄약과 포탄의 경우도 만만치 않았는데, 이에
소모하는 비용이 수천만 달러 내지는 수억 달러나 되었
다.

때문에 미 의회에서는 어떻게 해서든 비용을 줄이기
위해 각고의 노력을 기울이고 있었다.

그런 이유로 성공 가능성은 낮고 막대한 예산이 투입
되는 신무기 개발 프로젝트들이 하나 둘 취소되는 상황
이었다.

이번에도 한국의 신형 155㎜ 사거리 연장탄이 나온
것을 알게 되었으니, 그 동안 연구하던 비슷한 프로젝

트들이 예산 삭감 및 폐기되었을 것이다.

그렇다면 대안은 한국뿐이었기에 수호는 아주 편한 마음으로 미국이 오길 기다리는 중이었다.

어차피 갑은 자신들이기 때문이다.

***

수호의 예상은 반만 맞고 반은 틀렸다.

대만에 이어 미국에서도 155㎜ 신형 장거리 연장탄의 구매 의사를 타진해 왔지만, 그 수량은 처음 예상한 것의 3배나 되는 30만 발이었다.

수호도 10만 발은 조금 많이 부른 것이 아닌가 하는 생각을 하고 있었는데, 첫 구매부터 그들의 예상을 깨고 3배의 포탄을 주문한 것이다.

더욱이 이 신형 포탄의 가격은 기존의 것과는 비교할 수 없을 정도로 비싼 1억 5천만 원, 달러로는 15만 달러였다.

이들이 이렇게나 많은 수량의 포탄이 필요한 이유는 생각해보면 단순했다.

미국이 치르고 있는 전쟁과 분쟁 지역은 상당히 많았고, 이 모든 곳에 화력지원을 해 주는 것은 결코 쉬운 일이 아니었다.

화력 지원에는 크게 세 단계가 있는데, 첫 번째가 포병의 지원, 두 번째가 대포의 지원, 세 번째가 공군의 지원이다.

특히 세 번째 단계에서 비용이 기하급수적으로 올라가는데, 이는 전투기나 폭격기를 운용할 때 생기는 엄청난 유지비와 장착되어 있는 정밀 유도 폭탄의 비용 때문이다.

그러니 수호가 개발한 무기의 가격이 15만 달러라 한들, 항공기에서 떨어뜨리는 항공 폭탄에 비하면 그리 비싸다고는 할 수 없는 것이다.

게다가 사소한 알력 다툼이기는 해도 육군이 작전을 수행할 때, 공군에게 화력지원을 요청하는 것이 조금 꺼려진다는 이유도 있었다.

"이거 생각보다 일이 커졌는데요."

중현은 사장이자 이복형인 상현을 보며 말하였다.

"그러게 말이다. 이렇게 되면 주)대화만으론 생산에 차질이 생길 것 같은데."

상현은 심각한 표정으로 대답했다.

두 업체와 계약이 수월하게 진행됐다면, 충분하다 못해 여유로웠을 것이다.

하지만 인간의 욕심은 언제 어디에서나 나타나기 마련이었고, 그 결과 주)화산은 위탁 생산업체에서 탈락

하고 말았다.

자신들이 생산하지 않는다면 SH화학도 큰 손해를 볼 것이기에 배짱을 부린 것이다.

하지만 그들은 수호의 성격을 계산하지 못했고, 그는 굳이 싫다고 하는 사람들에게 억지로 시킬 생각이 1도 없었다.

오히려 주)화산뿐만 아니라 주)대화까지 욕심을 부렸다면, 국내가 아닌 국외의 기업에게 기회를 줄 생각도 있었다.

어차피 SH화학에게 있어 155㎜ 폭탄은 그렇게 중요한 것이 아니기 때문이다.

SH화학은 230㎜ 포탄의 300㎞ 버전과 1,000㎞짜리 초장거리 버전도 생산해야 하기에 다른 포탄을 제조할 여력이 없었고, 아무리 공정이 자동화되었다 해도 기계를 운용할 직원은 필요했다.

그런 것도 모르고 주)화산은 자신들이 국내 포탄 생산 업체 1위란 오만한 생각에 배짱을 부려 수호의 제안을 거절한 것이다.

"차라리 이렇게 된 거 대만과 미국에 라이선스 제안을 하는 것은 어떻겠습니까?"

수호는 고민하는 아버지와 둘째 큰아버지에게 자신이 생각해 오던 의견을 제시했다.

울트라 코리아

"면허 생산? 굳이⋯⋯."

상현은 수호의 말에 조금은 아깝다는 생각이 들어 뒷말을 흐렸다.

면허 생산을 하게 되면 SH화학에게 들어오는 수익이 위탁 생산을 하는 것 보다 줄어들게 된다.

"아깝긴 하지만 수호의 말도 일리가 있는 것 같습니다."

상현과 반대로 중현은 오히려 수호의 말에 동의했다.

회사의 일부 파트를 책임지고 있는 전무이사이기에 역량도 되지 않는데 욕심을 부리면 안 될 것 같다는 이유에서였고, 규모가 작은 자신들은 선택과 집중을 하는 편이 회사 발전을 위해선 더 좋을 것이라 판단한 것이다.

"형님, 우리가 모든 것을 책임질 수 없는 입장이란 건 잘 알고 있지 않으십니까. 자칫 욕심을 부리다간 가지고 있는 것조차 잃을 수도 있습니다."

중현은 자신의 생각을 가감 없이 상현에게 이야기하였다.

수호 또한 그의 의견에 일부 동의를 했지만, 중현이 간과하고 있는 사실이 있었다.

수호 자신이 대만과 미국에게 면허 생산에 대한 권리를 주자는 제안을 꺼낸 것은 맞다.

하지만 이는 자신의 일을 늘리고 않기 위한 방편이지, 아깝지 않아서가 아니다.

만일 어느 누가 자신의 것을 욕심낸다면 수호는 그들에게 응징을 가할 것이다.

그것이 설사 미국이라도 말이다.

수호에게는 그것을 가능하게 해 줄 능력과 동료가 있었다.

"큰아버지, 우린 군이 요구한 230㎜도 생산해야 합니다. 굳이 155㎜ 포탄에 집착할 필요는 없어요."

"그렇긴 하지. 그래도 아깝다는 생각을 떨칠 수가 없네."

그의 머릿속에는 대만이나 미국만이 아닌 155㎜ 대포를 가진 전 세계의 모든 나라가 들어 있었다.

그중 인도나 호주 같은 K―9 계열의 자주포를 운용하는 국가들도 상당했기에, 그들로부터 벌어들일 수 있는 금액이 눈앞에 아른거렸다.

"큰아버지께서도 아마 인도나 호주, 그리고 폴란드 등 긴장이 고조되고 있는 국가들을 생각한다는 것은 알지만, 조금 전에도 말씀드렸다시피 선택과 집중이 필요한 때입니다."

다시 한번 강조를 하는 수호의 말에 상현도 더 이상 별다른 토를 달지 않았다.

"…그래 지금은 선택과 집중을 해야지."

"그런데 준호 형님은 진척이 있습니까?"

수호는 주제를 돌리기 위해 둘째 큰아버지의 장남인 정준호가 하는 연구의 진척에 대해 물었다.

그는 현재 대천 연구소에서 방탄 스프레이에 들어가는 재료를 분석하여 다른 물건을 만들고 있는데, 이는 방탄 기능이 들어간 신형 세라믹 장갑이었다.

기존 스프레이가 단순히 물체에 뿌리는 것으로 방탄 효과를 상승시키는 정도에 그쳤다면, 새로 연구하는 분야는 더욱 발전시켜 기존 장갑들을 교체하는 것을 목표로 삼고 있었다.

하지만 자신은 SH항공의 사장으로서 신형 전투기 연구에 몰두하다보니 두 가지 일을 병행할 시간이 부족했고, 정준호에게 방탄 사업의 일부를 맡겼다.

기존의 방탄 스프레이가 갈수록 수요가 늘어난다 한들, 그것만 믿고 아무것도 하지 않았다가는 언젠가 성장이 멈출 수도 있었다.

그러니 모든 일이 잘 되어 리스크에 대한 부담이 적을 때, 미리 준비한다는 심정으로 새로운 시도들을 하고 있는 것이다.

"진척이 있기는 하지만, 대량생산을 위해선 좀 더 시간이 필요한 것 같더구나."

"오, 그 말은 전에 확인했을 때 보다 더 진척이 있다는 얘기네요?"

작년 3/4분기에 해당 연구에 대한 한차례 평가가 있었다.

당시 연구소에서 만들어 낸 세라믹 장갑은 30㎜ 두께를 가지고 실험을 했을 때, 120㎜ 성형 작약탄에 관통되었고, 105㎜ 탄에서는 첫 발에 관통이 되진 않았다.

그리고 운동 에너지탄의 경우에는 120㎜ 날개안정분리 철갑탄으로는 관통되진 않았으나 약간의 데미지가 있었고, 105㎜는 튕겨낼 수 있었다.

이것은 무척이나 뛰어난 성능이기는 했지만, 수호가 생각하는 정도의 방어력에는 미치지 못했다.

이론상 방탄 스프레이의 화학 성분을 보면, 30㎜일 때, 균등압연강판 1,800㎜, 즉 180㎝의 방어력을 가진다.

하지만 이는 어디까지나 이론상의 수치였다.

게다가 연구 중인 세라믹 장갑의 경우에는 순수 방탄 스프레이에 들어가는 화합물만 들어가는 것이 아닌, 특수강과 열에 강력한 신소재가 들어갔다.

그렇다면 수호의 계산상으로는 900㎜ 정도의 방어력이 나와 줘야 하지만, 실험에서는 겨우 550㎜ 정도에 그칠 뿐이었다.

울트라 코리아

만일 수호가 요구한 정도의 성능이 구현된다면, 기존 전차나 장갑차에 사용되는 그 어떤 장갑보다도 더 뛰어난 성능의 물건이 만들어 질 것이다.

더욱이 현재 세라믹 장갑은 국내에서 생산하지 않기에 모든 양을 수입에 의존하고 있는 처지다.

때문에 이 장갑이 완성만 된다면 기존의 것들을 대체하기는 쉬울 것이다.

물론 지금 단계의 세라믹 장갑도 다른 외국의 것에 비해 그리 안 좋은 성능은 아니었다.

오히려 그것들은 50㎜ 두께를 기준으로 하기 때문에 30㎜를 기준으로 만든 SH화학의 장갑과 비교하는 것은 그리 현명하다 할 수 없었다.

만약 동일한 두께를 기준으로 비교한다면 비슷하거나 대천 연구소의 물건이 아주 미세하게나마 우위를 보일 것이다.

그런 성능을 가지고도 상품을 출시하지 않는 이유는 전적으로 수호에게 있었다.

본인이 만든 방탄 스프레이를 기준으로 삼고 연구하라 지시했기에, 개발 난이도가 높을 수밖에 없는 것이다.

"그럼 조만간 품평회를 할 수 있겠군요."

"그, 그렇기야 하겠지."

즉각 대답하면서도 상현은 목소리가 약간 떨리는 것을 감출 수가 없었다.

그도 그럴 것이, 며칠 전 자신에게 이야기를 하며 한탄하던 아들의 모습이 떠올랐기 때문이다.

***

"수고하셨습니다."

마지막 촬영이 끝나자 링링은 밝은 미소를 지으며 방금 전까지 함께한 동료와 스텝들에게 인사하였다.

"링링도 고생 많았어요."

링링은 중국 출신 배우이기에 한국 연예계에 자리 잡는 것이 무척이나 힘들었다.

그도 그럴 것이, 링링이 처음 한국에서 활동을 시작했을 때, 한창 중국의 역사 왜곡 논란과 외국인 노무자들이 현장에서 크고 작은 사고를 일으킨 것 때문에 반중 감정이 사회적으로 이슈가 되고 있었다.

특히 중국인 관광객의 민폐나, 노동 현장에서의 행패는 한국에서 새롭게 떠오르는 골칫거리였다.

뿐만 아니라 중국 출신 아이돌 멤버들이 계약의 만료일이 다가오면 재계약을 하지 않고 중국으로 넘어가거나, 반대로 계약을 완료하지 않고 중국에서 넘어와 소송하는 경우가 비일비재했기에 불신감이 컸다.

그럴 계획이 없던 링링으로서는 이런 상황이 억울하기도 했지만, 모든 것을 감내해야만 했다.

그리고 무엇보다 다행인 것은 링링에게는 도움을 주는 이들이 많았다는 점이다.

후원자로서 수호가 있었고, 연예계에서는 우연한 기회로 알게 된 플라워즈가 링링을 도와줘서 쉽게 자리 잡을 수 있었다.

게다가 그녀는 아이돌이 아닌 배우로 한국에 들어왔기에 시청자들도 링링을 보는 것에 대해 크게 불편해하지 않았다.

"얼른 타라."

모두에게 인사를 끝내고 차량으로 돌아가는 그녀의 앞에 회사의 실장이 나타나 차에 타라고 지시했다.

"준기 씨는요?"

그녀는 차에 타며 매니저가 보이지 않자, 운전석에 올라타는 실장에게 질문을 던졌다.

"할 이야기가 있어서 먼저 보냈어."

장륜파 실장은 그녀를 보지도 않고 대답했다.

그렇게 그가 차를 타고 얼마나 지났을까, 실장은 차가운 목소리로 입을 열었다.

"상부에서 지시가 내려왔다."

"음."

상부란 말에 링링은 긴장된 표정을 지었다.

장륜파가 말하는 상부란 바로 중국공산당을 말하는 것이기 때문이다.

한국인이 국정원이나 내곡동이란 단어에 민감하게 반응하는 것처럼 링링 또한 공산당과 관련된 단어를 들을 때 비슷한 반응이 나타났다.

"더 이상 기다릴 수 없다고 한다. 어떤 수단을 동원해서라도 그에게서 정보를 빼내라는 지시다. 만약 실패한다면 각오해야 할 것이다."

장륜파는 자신이 담당하는 배우를 상대로 협박하는 것을 멈추지 않았다.

링링또한 이를 당연하게 여기는 듯 어떤 말도 하지 않았다.

아니, 할 수 없다는 표현이 더 정확했다.

비록 장륜파가 자신이 속해있는 회사의 실장이라는 직함을 가지고 있지만, 사실 그의 정체는 단순한 연예기획사 실장이 아니라 중국공산당 산하 대외정보부 요원이었다.

즉, 연예 기획사의 실장이라는 직함은 위장된 신분인 것이다.

"그는 보통 사람이 아니에요. 그런데 어떻게……."

링링은 억지로 용기를 짜내 이야기하였지만, 이를 들은 장륜파의 반응은 시큰둥할 뿐이었다.

"그런 것은 네가 판단할 문제가 아니다. 당이 원하면 우리 인민은 무조건 이를 따라야 한다."

참으로 어처구니가 없는 말이 아닐 수 없었다.

중국공산당이 혁명을 일으킨 명분은 인민을 위한 나라 건설이었다.

처음에는 악질 지주와 자본가들에게서 핍박 받는 인민들의 해방을 위해 싸운 그들이었지만, 세월이 지난 뒤 자신들의 주체라 할 수 있는 인민들에게 주저 없이 희생을 강요하는 단체로 변질됐다.

이는 중국공산당이 억압과 공포로써 인민을 다스리고, 그들로 하여금 감히 반항을 하지 못하게 만들었기에 가능한 일이었다.

장륜파의 말을 들은 링링은 지그시 입술을 깨물었다.

한국에 오기 전까지만 해도 링링은 이런 일에 대해 깊게 고민하지 않았고, 그저 당이 시키면 인민은 당연히 따라야 한다고 생각했다.

하지만 한국에서 활동하며 많은 것을 느끼고 배웠다.

당연하게 생각하고 있던 것이 잘못되어 있음을 깨달았고, 그런 일이 발생하면 맞서 싸워서라도 자신의 권리를 지켜야 한다는 것을 알게 되었다.

머리로 알았다 한들 그런 용기가 쉽게 만들어지진 않았다.

맞서 싸워야 하는 세력은 너무도 거대했고, 그녀는 단지 한 명에 불과했다.

그럼에도 방금 전 장룬파의 말은 링링으로 하여금 이 상황을 벗어나야 한다 생각하게 만들었다.

"알겠어요."

우선 그녀는 지금 이 자리에선 어쩔 수 없다는 판단 하에 알겠다는 대답을 하였다.

하지만 속마음은 그것과는 반대되는 생각을 하고 있었다.

'이대로 있다간 난 연예인이 아닌 고급 창녀가 될 뿐이야!'

그녀가 한국에 온 것은 지금으로부터 2년 전이었다.

중국은 많은 인구 때문에 연예인 또한 무척이나 많았고, 그중 스타가 되는 사람은 손에 꼽을 정도로 적었다.

그런 중국에서 링링의 위치는 그저 그런 연예인일 뿐이었다.

이는 그녀의 자질이 부족하기 때문이 아니라 거물급 뒷배가 없었기 때문이다.

그녀에게는 뛰어난 외모와 몸매, 그리고 배우로서 평균 이상인 연기력이 있었기에, 적절한 기회만 있다면 위로 올라갈 수 있는 순간이 많았다.

그녀의 인맥 중에 공산당의 상당한 권력자도 있었지만, 중앙 직과는 멀었기에 적절한 순간에 힘써 줄 수 없었다.

그래서 국가안전부(MSS)가 내민 손을 잡았다.

자신도 성공한 이들처럼 당당하게 살아 보고 싶었기에, 위험함을 알면서도 이를 뿌리칠 수 없었다.

결과적으로 짧은 순간 동안 약속대로 큰 인기를 맛볼 수 있었다.

하지만 그것도 잠시, 그들의 명령으로 링링은 원하지 않던 한국행을 선택할 수밖에 없었다.

다행히 비행기 안에서 수호를 우연히 만나 좋은 인연을 맺을 수 있었고, 한국행에 대한 이미지가 긍정적으로 변하긴 했다.

수호와 이야기하며 한국에 대한 기대감을 얻었지만, 한편으로는 불안감도 들었다.

호감이 가는 이성을 만났음에도 자신이 처한 상황과 성공을 위해 지금까지 해 온 것들이 부끄럽게 느껴졌기 때문이다.

링링은 이런 느낌을 애써 외면했고, 한국에 도착하여 그와 하룻밤을 보냈다.

이미 남자 경험이 있는 그녀이기에 부끄럼을 무릅쓰

고 먼저 원나잇을 요구한 것이다.

그렇게 수호와 있는 동안은 부정적인 감정을 조금이나마 감출 수 있었다.

링링은 잠시 옛 생각을 하며 차 안에서 조용히 눈을 감았다.

10. 중국의 움직임

오후 열 시의 늦은 저녁시간의 SH항공 사장실.

일부 야근하는 직원을 제외하고 대부분의 사람들이 퇴근한 시각, 수호는 홀로 무언가와 씨름하고 있었다.

"너무 어중간하지 않아?"

모니터를 확인하던 수호는 누군가에게 물었다.

[하지만 너무 고도를 높이면 레이저의 효율이 떨어집니다.]

수호와 슬레인은 몇 달 전 장군회의 김종찬 고문이 의뢰한 국지방어 시스템에 대하여 논의하고 있었다.

그들이 모방하고자 하는 것은 국지방어 시스템 중 가장 유명한 이스라엘의 아이언 돔이지만, 무엇보다도 부담스러운 가격을 낮춰야만 했다.

또한 산악 지형이 많은 한반도의 특성상, 기능적인 한계가 존재했기에 이를 수정해야만 했다.

의뢰한 김종찬 역시 이런 문제들을 잘 알고 있었고, 천재적인 능력을 가지고 있는 수호이기에 이를 해결할 방안 역시 찾아 줄 것을 믿었다.

때문에 수호는 아이언 돔이 가지고 있는 장점과 단점을 분석해 한반도에 맞는 방어 시스템의 개념을 완성시키는 중이었다.

수호가 만든 체계의 핵심은 지상의 레이더와 위성의 감시, 그리고 그 중간에 위치한 또 다른 감지 장치를 만들어 이 셋의 연동으로 그 어떤 공격도 단시간에 찾아낼 수 있는 시스템을 구축하는 것이다.

거기에다가 이 시스템에 포착된 적의 미사일이나 로켓을 파괴하는 공격 수단은 이미 만들어 놓았다.

그런 감시 체계를 구축하기 위해 수호가 가장 처음 선택한 수단은 현재 가장 뜨고 있는 레이저였다.

하지만 시뮬레이션 결과, 무척 유능하긴 해도 레이저만으로 모든 공격을 막아 낼 수는 없다는 데이터가 나오면서 기존 요격미사일도 방어 시스템에 포함시켰다.

하지만 그렇게 한들 수호가 만족할 만한 수치가 나오진 않았고, 때문에 슬레인과 논의를 하고 있는 중이다.

수호와 슬레인은 지상 레이더와 지구 궤도를 돌고 있는 위성을 연결하는 중간, 즉 대기권에 존재할 비행체를 두는 것에는 동의했지만, 그 비행체의 고도에서 서로 합의하지 못하고 토론이 이어졌다.

수호는 안전성을 위해 비행기들의 비행고도보다 더 높은 곳에 배치하길 원했고, 반대로 슬레인은 레이저의 효율을 위해 조금 위험하긴 해도 비행고도에 위치해야 한다고 주장했다.

두 의견은 각자의 장단점이 있었다.

안전하게 비행고도 위에서 적을 감시한다면 보다 넓은 범위를 예측할 수 있어 빠르게 대응 할 수 있다.

하지만 요격을 위해 발사하는 레이저의 위력이 감소한다는 치명적인 단점이 존재했다.

SF영화나 애니메이션에서 레이저 무기는 무한정 직선으로 날아가지만, 실제로 대기권 안에서는 공기 안에 있는 물질들의 저항에 의해 거리가 멀어질수록 가지고 있던 에너지가 소실된다.

뿐만 아니라 빛과 같은 성질을 지니고 있기에 날씨나 기후의 영향을 받아 생각보다 실제 사거리가 짧았다.

이러한 이유 때문에 슬레인은 레이저 무기의 단점을 극복하지 전까지 조금 위험하더라도 대류권에 배치를 하자는 입장인 것이다.

"그렇게 한다 해도 로켓이나 순항미사일이라면 모를까, 정작 우리가 우려하는 탄도미사일은 격추하기 힘들 텐데?"

현재 대한민국을 위협하는 무기들 중 100에 90은 북한의 핵과 탄도미사일이다.

장군회의 김종찬 고문이 국지방어 체계를 의뢰한 이유도 북한의 재래식 무기보다 탄도미사일에 탑재된 핵을 우려하기 때문이다.

[그건 별도로 성층권에 배치하면 됩니다.]

수호가 한 고민이 무색하게 슬레인은 너무도 간단하게 대답했다.

탄도미사일만을 방어하는, 지상 타격 무기와는 별도의 방어 시스템을 갖추면 된다는 이야기였다.

"네 말은 그럼 국지방어 시스템을 위해서 대류권에 비행체를 띄우고, MD 체계를 완성시키기 위해 성층권에 또 다른 탄도미사일 요격 체계를 만들자는 거지?"

[그렇습니다. 저고도로 날아오는 것을 굳이 성층권에서 격추하는, 효율 떨어지는 방법을 사용할 필요는 없다고 생각됩니다.]

"하지만 국지방어와 MD로 들어가는 비용이 늘어날 텐데?"

[물론 비용이 늘어나긴 하겠지만, 북한은 전쟁 시 재래식 무가와 탄도미사일을 동시에 사용할 것입니다. 그 때를 상정한다면 비용이 늘어나더라

도 확실한 방어 체계를 위하여 비행체를 나눠 배치하는 것이 바람직합니다.]

슬레인의 설명을 들은 수호는 머릿속으로 북한의 공격을 상상해 보았다.

확실히 저고도로 날아드는 공격들을 막으면서 동시에 탄도미사일을 격추시키기 위해선 하나 보단 둘이 나았다.

"음… 확실히 네 말이 맞는 것 같네. 하지만 비용 때문에 승인이 나지 않을 수도 있어."

문제에 대한 정답을 가르쳐줘도 모든 사람들이 선택하지는 않는 법이고, 꼭 한두 명은 딴지를 걸며 다른 답을 말한다.

김종찬의 의뢰대로 완벽한 국지방어와 더 나아가 MD(미사일방어) 체계를 만든다 해도 대한민국 정부가 이를 그대로 수용할지는 장담할 수 없었다.

개중 누군가는 비용이나 안전을 문제로 수량을 줄이거나 계획을 백지화 시킬 수도 있었다.

[탄도미사일 방어를 위한 비행체의 경우, 그렇게 많은 숫자가 필요하진 않을 것으로 예상됩니다. 그러니 새로운 방어 체계를 구축하기 위해 예정된 금액을 아득히 초과하는 예산이 들어가진 않을 것으로 판단됩니다.]

"아!"

수호는 빠르게 자신의 착각을 바로잡았다.

그는 탄도미사일의 위협을 방어하기 위해 추가로 예산이 들어간다는 생각에 사로잡혀, 북한이 보유한 탄도미사일이나 핵무기의 숫자를 고려하지 않았다.

재래식 무기야 로켓이나 미사일도 있겠지만 가장 많은 부분을 차지하는 것은 대포나 자주포에서 쏘는 포탄들이다.

그런데 수호는 이것들을 막아내기 위해 필요한 비행체와 탄도미사일을 막아낼 비행체의 숫자를 동일하게 생각하는 오류를 범한 것이다.

"그럼 필요한 비행체의 수는 얼마나 될 것 같은데?"

배치에 대한 고민이 해결되자, 수량에 관한 새로운 질문 거리가 생겼다.

북한은 무려 3,500문의 견인포와 4,400문의 자주포를 보유하고 있으며, 다연장로켓포로 불리는 방사포도 5,100문이나 보유하고 있다.

실로 엄청난 수량이 아닐 수 없었다.

물론 이것들 중 너무 오래되어 사용하지 못하는 포도 있지만, 그래도 막대한 수량이 가지는 위협이 존재하지 않는 것은 아니었다.

때문에 12,000문이 넘는 대포의 공격을 막아 내기 위해서는 그만큼 많은 대응 체계가 필요했다.

[저고도에 배치할 비행체의 수량은 최소 삼십 대고, 탄도미사일을 방어

할 고고도 비행체의 경우 여섯 대가 필요합니다.]

"음, 생각보다 많네."

슬레인에게서 국지방어에 사용될 비행체의 최저치 수량을 들은 수호는 예상보다 많은 비행체가 필요하다는 사실에 작게 신음을 흘렸다.

[하지만 이것도 최대한 줄인 숫자라는 것을 감안해 주시기 바랍니다.]

슬레인은 수호에게서 어떤 말이 나올지 예상했다는 듯, 더 이상 줄일 수 없다고 이야기했다.

"그럼 저고도와 고고도 비행체들의 기체 가격은 각각 얼마나 될 것 같아?"

수호는 필요한 수량을 알았으니 비용을 따지기 위해 이번에는 그것들의 가격에 대해 물었다.

방어 체계의 개념이 완성되었으니, 그것을 실물로 만들기 위해선 예산을 편성해야 했기 때문이다.

[비행체에게 레이저 무기만 장착한다면 500~5,000억 원 내로 맞출 수 있을 것 같습니다.]

"응? 편차가 너무 심한 것 같은데?"

수호는 비행체에 들어가는 비용의 최저가와 최대가가 10배나 차이난다는 것을 듣고 그 이유에 대해 슬레인에게 물었다.

[예. 금액의 변동 폭이 이렇게 차이나는 이유는 비행체에 레이저 무기를 얼마나 수용할지 결정하지 않았기 때문입니다.]

"아!"

수호는 슬레인의 설명을 듣자 그 이유를 정확히 알수 있었다.

아직 자신이 정하지 않은 수치가 존재했기에, 슬레인이 임의로 값을 집어넣은 것이다.

"그럼 고고도 비행체는?"

[3,000억 원 정도면 충분할 것 같습니다.]

고고도에 배치하는 비행체의 가격이 저고도에 비해 상대적으로 저렴할 수도 있다는 사실에 수호는 슬레인에게 재차 이유를 물었다.

"이유는?"

슬레인의 대답은 수호가 생각하던 것과는 조금 달랐다.

[고고도에 배치할 비행체의 경우, 높이와 중력 덕분에 저고도의 것보다 오랜 기간 상공에 떠 있을 수 있습니다. 그래서……]

슬레인의 말대로 저고도 비행체는 10㎞ 미만의 상공에서 활동하기에 짧은 기간 안에 이착륙이 가능했다.

하지만 고고도 비행체의 경우, 성층권에서 활동하기에 최소 30㎞에서 최대 50㎞ 안에 있어야만 했다.

게다가 성층권의 공기가 희박한 탓에 별도의 장치를 부착해야 했고, 작은 크기로는 필요한 장비들을 수용할수가 없었다.

때문에 저고도에 배치되는 비행체보다 상대적으로 커다란 덩치를 가져야 했다.

하지만 임무 특성상 탄도미사일만 막으면 되기에 레이저 무기는 굳이 많이 배치할 필요가 없었다.

그러니 대당 건조 비용이 최소 3,000억 원인 것이다.

"좋았어."

국지방어와 MD 체계를 위한 비행체들의 가격을 상정한 수호는 고개를 끄덕였다.

드르륵!

"벌써 시간이 이렇게 됐네……."

수호는 자리에서 일어나며 시간을 확인했다.

벽에 걸려있는 시계의 바늘이 열 시가 넘었다는 것을 알려 주었다.

"음… 뭔가 더 하기에는 시간이 너무 늦었네. 모레 김종찬 고문을 만나러 갈 거니까 내일 오전까지 그에게 알려 주고, 자료 좀 정리해 줘."

[알겠습니다.]

막 일을 끝내고 퇴근을 하려던 때, 수호의 휴대 전화가 울렸다.

따르릉!

'누구지?'

***

촬영을 마치고 집으로 돌아온 링링은 고민하기 시작
했다.

조금 전 그의 담당 회사의 실장인 장륜파가 한 이야
기 때문이다.

"한국이 개발한 KF—21과 KFA—01의 설계도를 구해야 한다. 또 가
능하면 대만이 확보한 포탄에 관한 정보도 가져와야 해!"

현재 대한민국은 최신형 전투기의 연이은 개발 성공
에 난리도 아니다.

TV나 인터넷을 보면 가장 첫머리에 전투기 제작업체
인 KAI와 SH항공에 관한 기사가 링크되어 있다.

링링이야 그런 쪽에 별다른 관심이 없기에 잘 몰랐지
만, 중국공산단 소속의 장륜파는 잘 알고 있는 듯 보였
다.

"특히 SH항공이란 곳의 사장이 너와 친한 정수호라는 사내이니 한
번 잘해 봐!"

장륜파 실장이 자신을 집 앞에 내려 주며 한 이야기

가 문득 떠올랐다.

'정말로 수호 오빠가 그렇게 대단한 사람이란 말이야?'

링링으로서는 도저히 믿을 수 없는 이야기였다.

하지만 장륜파 실장이 자신에게 거짓말할 이유가 없었다.

더욱이 하는 일에 도움이 되라고 위에서 내려온 정보인데, 굳이 거짓된 정보를 섞어 일을 그르치게 만들지는 않을 것이다.

'후!'

작게 한숨 쉰 링링은 뭔가 결심한 듯 자신의 전화기를 들어 수호에게 연락했다.

또르르!

경쾌한 멜로디와 함께 수신음이 흐르고 얼마 지나지 않아.

— 여보세요.

수화기 너머로 상대의 목소리가 들려왔다.

"오빠, 저 링링이에요."

수화기 너머로 수호의 목소리가 들리자 링링은 자신도 모르게 기분이 좋아져서 목소리의 톤이 올라갔다.

링링은 2년 전 처음 장춘에서 수호를 보고 첫 눈에 반했다.

하지만 자신의 처지를 잘 알기에 빠르게 단념할 수밖에 없었는데, 우연히도 한국으로 가는 비행기 안에서 다시 한번 그를 보게 되었다.

그와 잠시 대화를 나누며 한국인이라는 것을 알게 되었고, 안 좋은 일이 생겨서 이를 해결하기 위해 중국에 왔지만, 계획한대로 일이 풀리지 않았다는 것도 알게 되었다.

또한 서로 작은 연결 고리가 있음을 알게된 두 사람은 조금 가까워졌다.

짧은 대화 끝에 링링은 곧 자신의 처지를 깨달을 수밖에 없었지만, 수호의 색다른 매력에 끌린 그녀는 조금 과감하게 나가 하룻밤의 꿈같은 인연을 맺었다.

기구한 자신의 삶에 대한 자포자기적인 심정으로 저지른 일이었지만 후회는 없었다.

그런데 수호는 그렇게 생각하지 않은 것인지 그 뒤로도 인연은 계속되었으며, 링링이 한국 연예계에 적응하는데 많은 도움을 주었다.

하지만 작년부터 수호와 만나는 것이 쉽지 않게 되었다.

그도 그럴 것이, 수호는 새로운 회사를 차려 자리 잡기 위해 노력하던 시기였고, 링링 본인도 한국 연예계에 적응하고 본격적인 활동을 시작한 때라 두 사람 모두 쉽게 개인 시간을 만들 수 없었다.

그저 간간이 통화만 할 뿐, 서로 만난 적은 한 손에 꼽을 정도로 적었다.

게다가 링링은 요 근래에 실장인 장룬파가 소개시켜 준 남자를 만나느라 수호에게 선뜻 전화 걸지 못했다.

수호와 연락하려고 할 때마다 죄를 짓는 것 같은 기분이 들었기에 링링이 전화를 피한 것이다.

또한 링링은 실장이 소개한 남자에게서 필요한 정보들을 알아내 그에게 넘기는 중이기도 했다.

비록 그 내용이 뭔지 이해할 수 없었지만, 자신이 하는 행동이 잘못된 것임은 알고 있었다.

그렇게 수호와 멀어지는 와중에 오늘 장룬파로부터 그와 가깝게 지내라는 지령이 떨어졌다.

중국공산당의 상부에서 그가 가지고 있는 지식들을 필요로 한다는 것이다.

링링은 수많은 갈등 끝에 결정을 내리지 못하고, 우선 수호에게 연락하기로 결심했다.

정상적인 연애를 하지 못할 것을 알면서도 그와 만나고 싶은 마음을 감출 수 없던 것이다.

그녀는 밀려오는 죄책감을 애써 무시한 채 수호의 질문에 답했다.

***

국가정보원 3차장 김선희는 조금 전 전달된 공문 때문에 심각한 표정을 지은 채 고민하고 있었다.

예전 국정원이 중앙정보부나 안전기획부(안기부)이던 시절에는 북한의 위협으로부터 벗어나기 위해 모든 역량을 정보 수집에만 집중했고, 국내는 물론 국외의 정보까지 취득하였다.

하지만 세월이 흐르면서 대한민국은 무섭게 발전했고, 그 과정에서 경제와 군사력까지 세계적인 수준으로 올렸다.

그러다보니 어느새 북한은 더 이상 자신들의 위협이 아니게 되었다.

물론 갈수록 벌어지는 격차에 북한은 자신들의 체제를 유지하기 위하여 무리하게 핵과 탄도미사일을 개발하고 있지만, 국정원은 이제 북한만을 주시하지 않게 되었다.

즉, 정보수집의 쟁점이었던 북한과의 관계보다 대한민국을 위협하는 주변 모든 나라의 움직임이 더 중요해진 것이다.

때문에 예전에는 내부의 변절자나 적의 스파이를 차단하기 위하여 1, 2, 3처 모두 자신들이 수집한 정보를 공개하거나 협조 공문을 보내더라도 알려 주지 않았다.

하지만 세월이 흐르면서 국정원의 방침도 다수 바뀌었기에, 중요도에 따라 숨기기도 하지만 기본적으론 서로 협조하게 됐다.

이는 모두 국가의 안전을 위한 일이었고, 김선희 차장은 이를 자랑스럽게 여겼다.

그러던 차, 대외 정보를 담당하고 있는 1차장에게서 공문이 한 장 날아왔다.

중국이 운용중인 천인 프로젝트에 관한 내용이었다.

국내 주요 기술이 불법적으로 해외에 빠져나가는 것을 막고 있는 3차장으로서는 그냥 무시할 수 없는 일이다.

'아직까진 의심 단계이지만, 이 사람과 연관이 있다는 것은⋯⋯.'

김선희 차장은 다시 한번 1차장이 보내온 공문을 들어 보았다.

이름 : 주월령(周月影)

예명 : 링링

소속 : 밍치엔(明天) 코리아

…

LC전자 구진모 상무

…

미래중공업

…

SH항공 정수호 사장

…

연예인이라면 다양한 분야의 사람을 만날 수도 있다.

실제로 많은 연예인들이 활동할 때, 조건을 담보로 큰손에게 후원받곤 했다.

물론 그 조건이 성공한 뒤의 보상일 수도 있지만, 대부분은 은밀한 만남으로 이어지곤 했다.

실제로도 많은 대기업의 오너나 일가의 인원들이 돈과 직위의 힘으로 연예인들과 부적절한 관계를 맺어온 건 공공연한 사실이었다.

하지만 차장이 판단하기에 링링은 무언가 이상했다.

한국에 들어온 뒤 2년이라는 시간 동안 어린 나이도 아니면서 소속사를 옮기고, 연예계에서 성공하였다.

그는 이 모든 일련의 과정이 너무도 인위적이라는 느낌을 지울 수 없었다.

게다가 보고서에는 링링이 누군가의 도움으로 빠르게 성공했다는 사실이 여실히 들어나 있었다.

특히, 그녀가 만나는 사람들의 직업이나 직위가 그저

스폰 계약으로만 취급하기에는 무언가 이상한 점이 있었다.

그러니 국가정보원 소속인 그로서는 조사하지 않을 수 없는 것이다.

여기서 김선희가 주목한 것은 바로 공문 끄트머리에 있는 SH항공이라는 단어였다.

SH항공은 2년 전에 설립된 항공회사다.

물론 그 전신은 수호에게 인수된 이카로스 항공이었지만, 이름과 머리가 바뀐 이상 같은 회사라 보기 어려웠다.

현재 SH항공은 전투기를 제작하는 방위 산업체였고, 이는 어느 분야를 막론하고 국가에서 보호해야만 하는 부류였다.

현대에선 열 손가락 깨물어 안 아픈 손가락이 없다는 이야기가 그중 더 아픈 손가락이 있다는 이야기로 변했다.

물론 농담 섞인 문구에 불과하지만, 국가의 입장에선 더 중요한 산업과 덜 신경 쓰는 산업이 있긴 했다.

여기서 중요한 산업에 포함되는 것 중 하나가 국가의 안녕을 책임지고 있는 핵심 보호 기술을 지닌 기업들이다.

핵심 보호 기술에는 전투기 제조나 첨단미사일 기술

이 들어가 있기에 SH항공은 그런 영역 안에 있었다.

때문에 별첨 자료로 SH항공의 사장인 수호에 대한 정보도 첨부되어 있었는데, 그가 관련된 산업 전반이 해외에 반출되어서는 안 되는, 국가에서 보호해야 하는 기술들이었다.

— 띠!

김선희는 생각을 멈추고 인터폰을 눌렀다.

— 네, 부르셨습니까?

"2실장 들어오라고 해."

— 알겠습니다.

그가 자신의 아래에 있는 실장 중 감시, 감청을 담당하는 2실장을 불렀다.

2실장인 이재국은 원래는 해커였다.

컴퓨터 프로그래밍에 소질이 있던 그는 대학 시절 정부 청사와 기업들의 서버에 침입하여 자신이 왔다 갔음을 표시하고 이를 즐기며 자신의 해킹 실력을 자랑하고 다녔다.

그의 실력과 담은 날이 갈수록 커져 갔고, 결국 국정원 서버에 침입하기에 이른다.

국정원에서는 국가의 운영에 필요한 중요 정보들을 가지고 있었고, 이런 것들이 외부에 알려지면 큰 불이익으로 돌아올 수 있기에 그 어느 곳보다 보안에 철저

했다.

아무리 날고기는 실력을 가진 해커라고 해도 쉽게 국정원의 보안망을 뚫고 표식만 남긴다는 것은 불가능에 가까운 일이었다.

그런데 이재국은 그런 일을 실현해 냈다.

하지만 꼬리가 길면 잡히는 법.

자신의 업적을 술에 취해 친구들에게 자랑했고, 우연히 이를 들은 사람에 의해 잡히고 말았다.

당시 법대로라면 국가 보안법 위반, 정보통신법 위반 등 수많은 불법행위로 인해 평생 감옥에서 보내야 했지만, 국정원은 이를 무마시킬 한 가지를 제안했다.

이제 겨우 20대 초반인 어린 청년의 미래를 위해 감옥 대신 그의 재능을 잘 활용할 수 있는 직업을 제시한 것이다.

국정원은 자신들의 서버 관리 및 정보 분류를 그에게 맡겼다.

이재국 말고도 수많은 컴퓨터 천재들이 국정원에는 있었지만, 그 누구도 이재국 본인의 입에서 서버에 침입했다는 것을 알리기 전까지 눈치채지 못했다.

그렇게 입사하게 된 이재국은 세월이 지나 직급이 오르고 해킹 실력만큼이나 감시, 감청에도 재능이 있다는 것을 알게 되었다.

그래서 단순한 서버 관리에서 벗어나 3처로 자리를 옮겼고, 본격적으로 활동을 시작했다.

그동안 여러 건의 산업스파이 색출은 물론이고, 국내 기업들이 개발한 기술을 빼돌리려는 일당을 잡기도 했다.

그렇게 잡은 이들 중 중국에게 기술을 넘긴 자들노 다수 포함되어 있었다.

김선희 또한 이를 알기에 1차장이 보내온 협조 공문을 읽고 이재국을 부른 것이다.

***

서울의 야경이 한눈에 내려다보이는 높은 빌딩의 스카이라운지.

그곳에 한참 늦은 시각임에도 불구하고 젊은 남녀가 자리하고 있었다.

"오빠, 내가 너무 늦게 전화한 건 아니죠?"

링링은 테이블을 사이에 두고 마주 앉은 수호를 보며 은근한 목소리로 물었다.

"우리 오랜만이네요."

"그러게. 내가 너무 바빠서 연락도 잘 못 했네."

수호는 오랜만에 연락한 링링을 보며 미소를 지었다.

"맞아요. 저도 한국에 적응을 한다고 바빴고, 오빠도 회사를 차린 것 때문에 바빴잖아요."

링링은 자신이 자리 잡는 데 도움을 준 수호를 보며 이런 일로 만나는 것 때문에 자조했고, 또 한편으로는 불과 2년 만에 스타의 반열에 오른 자신에 대하여 자부심을 느꼈다.

그런 이중적인 복잡한 심정을 감춘 채 링링은 이야기를 꺼냈다.

"그런데 오빠가 비행기를 만드는 줄은 몰랐네요."

이미 자신의 실장이자 감시역인 장륜파에게서 수호에 대한 대략적인 정보를 들었기에 물어볼 수 있는 내용이었다.

"음, 비행기도 만들지만 다른 것들도 만들어."

링링이 하는 이야기를 들은 수호는 잔잔한 미소를 지으며 자신이 보다 많은 일을 하고 있음을 알렸다.

"오빠가 많이 바쁘다는 것은 알겠어요. 그런데 어떤 일을 하기에 그렇게 바쁜 거예요?"

수호의 대답에 링링은 그가 어떤 일들을 하는 것인지 궁금해졌다.

"음… 알고 있는 것처럼 비행기도 만들고, 신소재도 개발도 하고……."

수호는 자신이 하고 있는 일에 대해 아무런 거리낌

없이 이야기를 들려주었다.

한편, 수호에게서 대답을 들은 링링은 깜짝 놀랐다.

그가 하고 있는 일이 장륜파에게서 들은 것보다 훨씬 많았기 때문이다.

그렇게 많은 일을 하면서도 간간이 자신에게 안부 인사를 물어 오거나, 고민을 들어주는 등 많은 도움을 받았다는 것을 생각하니 정말로 미안하고 또 고마웠다.

그런 수호에게 국가가 시킨 부당한 명령을 행해야 하는 자신의 처지를 생각하니 링링은 순간 비참해졌다.

울컥!

갑자기 밀려드는 감정에 링링은 주체하지 못하고 그만 눈물을 흘려 버렸다.

"흑!"

"혹시, 무슨 일 있었어?"

수호는 느닷없이 울음을 터뜨리는 그녀의 모습에 순간 당황했다.

좀처럼 이런 모습을 보이지 않던 링링이 자신과 이야기하던 중 눈물을 흘리는 것에 어찌해야 할지 갈피를 잡지 못한 것이다.

"아니에요. 오빠랑 오랜만에 만나니 뭔가 감정이 격해졌나 봐요."

링링은 애써 감정을 추스르려고 하였지만, 쉽게 진정

되지 않았다.

수호는 조용히 그녀의 곁으로 다가가 등을 쓸며 안아 주었다.

자신을 위로해 주는 수호에게 링링은 자연스럽게 안겼다.

그런 링링의 반응에 수호는 그저 가만히 그녀를 부드럽게 안을 뿐이었다.

이런 두 사람의 모습을 어디선가 지켜보는 눈이 있었다.

그들의 정체는 바로 국정원 3처 소속의 요원들이었다.

***

늦은 시각, 숙소를 빠져나오는 링링의 모습을 확인한 민상기와 서동일은 조심스럽게 그녀의 뒤를 쫓았다.

오래전부터 밍치엔 코리아가 중국 MSS에서 벌인 천인 프로젝트의 한국 거점이 아닐까 하는 의심을 멈추지 않은 채 감시하고 있었다.

아직까지 명확한 증거를 찾지 못해 감시만 하고 있었지만, 밍치엔 코리아 소속 연예인들과 연관이 있던 곳에서 산업 정보의 유출이나 연구원들이 중국으로 이직을 하는 경우가 많았다.

지금도 국정원 1처에서 넘어온 정보를 토대로 링링을 감시하는 중이고, 더욱이 이번 일은 실수를 용납하지 않는 무척이나 중요한 일이었다.

그도 그럴 것이, 다른 사람도 아니라 신형 전투기를 개발한 회사의 오너와 연관된 상황이었다.

국외로 정보부터 연구 인력까지 빼낸다고 의심되는 회사의 소속 연예인이 늦은 시각 타깃을 향해 움직였으니 두 사람은 긴장하지 않을 수 없었다.

"놓치지 마."

"맡겨 둬."

민상기와 서동일은 대화를 주거니 받거니 하며 링링의 차를 쫓았다.

그녀의 차는 잠실대교를 넘어 서울의 랜드마크가 된 로대 빌딩에 멈췄다.

로대 그룹이 건축한 이 빌딩은 지상 123층, 지하 6층으로 세계에서 다섯 번째로 높은 크기 554.5m의 건물이다.

"하, 시발. 오늘 돈깨나 깨지겠는데."

링링의 차가 로대빌딩 안으로 들어가는 것을 확인한 민상기가 자신도 모르게 거친 언사와 함께 한탄하였다.

물론 업무 중 사용한 돈은 나중에 비용 처리가 되기

는 하지만, 이런 늦은 시간의 고급 건물에서의 비용은 임무 중 사용하는 일반적인 비용에 비해 많을 수밖에 없다.

그 말은 나중에 돌려받을 때 분명 말이 나온다는 소리다.

자신들이야 이런 곳에 들어오고 싶어서 온 것도 아니고, 감시하는 타깃이 이런 곳을 찾으니 어쩔 수 없이 들어간 것임에도 불구하고, 상부에서는 이를 이해하지 않았다.

"놓치겠어. 얼른 와라."

투덜거리는 민상기를 보며 서동일이 소리쳤다.

"알았다."

동료인 서동일의 부름에 민상기는 한숨을 쉬며 대답했다.

타깃인 링링이 올라간 곳은 빌딩의 가장 높은 곳인 스카이라운지였다.

"가자."

두 사람은 링링의 목적지를 확인한 다음, 그 뒤를 따라갔다.

〈7권에 계속〉